プラチナ文庫

Platinum Label

恋のうちにも

宇宮有芽

"Koi no Uchinimo"
presented by Yume Umiya

プランタン出版

イラスト／宝井さき

目次

恋のうちにも 7
あとがき 268

※本作品の内容はすべてフィクションです。

恋のうちにも

――生ける代に　恋といふものを　相見ねば
恋のうちにも　我ぞ苦しき

万葉集　巻第十二・二九三〇　作者未詳

三春丘《みはるがおか》学園大学、西校舎の三〇二号室は午後からまともに西日があたる。

文学部、日本文学科准教授である藤堂始《とうどうはじめ》の研究室だ。

ゼミの時間以外は学生たちが集まることもなく、閉鎖的な雰囲気が漂っているが、一応在室中は扉に鍵をかけないようにしている。

研究室で依頼された原稿を執筆していると、その扉がコンコン、と軽くノックされた。

「あッ」

ノックに反応して、藤堂が椅子から立ち上がろうとし、そのまま固まった。一瞬迷ったのち、そろそろと顔だけ扉のほうへ向ける。

「……はい、どうぞ」

ほどなく扉が少し開き、背の高い黒いシャツを着た男が様子を窺《うかが》うように隙間から顔を出す。西山省吾《にしやましょうご》、日本文学科の助手だ。

「なにか？」

用事を聞いたつもりが逆に聞き返される。

「なにやってんです？」

椅子から腰だけ浮かせた藤堂が、あまりに不自然な体勢で動かないからだ。

「コンタクトを落としたんだ」

「いま?」

「そうだ。立とうとして……そのへんに落ちてると思うが」

「部屋の中に入ってもいいですか」

口調だけは礼儀正しく聞いておきながら、西山が返事を待たずに勝手に室内にずかずか入ってくる。

落としたのは、ほぼ新品のコンタクトレンズ。遠慮のない足取りに、とっさに西山にレンズを踏まれるんじゃないかと危惧して藤堂の顔が強張った。

「待て…っ」

西山が手にしていた書類を扉近くにある棚に置き、藤堂が動けないでいるデスクと椅子のほうへ向かってくる。約一メートル手前まで来て、足を止めた。そこで屈みこむようにして膝に手をつき、床の上をレンズを探して見回す。

「あなたはコンタクトが服についてないか、ゆっくりチェックしてください」

「………」

藤堂はほっとして、ずっとこの体勢のままというわけにもいかないので、黙って西山の言うとおりにした。

「服にはついてないぞ」

「落としたのは両目ともですか？　目は見えてる？」

「右だけ落とした、と思う。左は入ってる」

しばらく西山が床や机回りを調べてくれていたが、見つからないようだった。藤堂も足元は動かさずに、見られる範囲にコンタクトレンズが落ちていないか目を凝《こ》らす。

「失礼」

床を探すことを諦めたのか、腰を上げた西山が距離を詰めてくる。

「なに…っ」

近づいてこられただけでやばい、と感じて反射的に一歩後ずさってしまった。

「そんなに緊張しなくてもいいじゃないですか」

西山が手で顎《あご》を軽く擦り、フッと笑った。

藤堂が西山を警戒するのには理由がある。

西山は産休に入った女性の代わりに、昨年の秋から文学部の助手になった二十代半ばの男だ。日本文学科の学生は女性が圧倒的に多いが、若い女性たちに囲まれても特に浮かれることなく淡々と雑務をこなしている。講師たちより年齢が近いこともあってか、学生たちから人気があるようだった。

たしかに学部のガイダンスなどで見かける、西山の学生のあしらい方などは、頭がいいのだなと思わせるところがあった。

多少面倒でも自分でやったほうが早くて確実だと思っている藤堂は、日本文学科の助手や、学生たちに用事を頼むことが少ない。だから、これまで西山とは事務的な会話をする程度だった。ところが先週の飲み会で、あろうことか、この年下の男に口説かれたのだ。

腹の立つことに、西山がその場に固まっている藤堂をどことなく楽しげに見遣《みや》り、動かないでくださいと言いながら、首や胸元、シャツの上から腕、腰のあたりまでソフトな手つきで触れてきた。

「……ないですね、コンタクト」

「だから服にはついてないって言っただろ！」

「でも、いま落としたんでしょ？」

その通りなのだ。飛んだにしても絶対どこかに落ちているはずで、見つからないのはおかしい。それに……。

「またか、もったいねぇ」

藤堂がつぶやくと、西山の身体が離れる。

「もう動いても平気ですよ。もしコンタクトを踏んで、破れてしまってもレンズを持っていけば交換してもらえるはずなんで」

「見つかれば交換できるけど、紛失保証はないぞ。一昨日、コンタクトを片方落としたが買い直しさせられたから」

落とした自分が悪いのはわかっているが、安いものじゃない。コンタクトレンズ代を払えないわけではないが、そう何度も買い直すのはさすがに悔しいし、バカらしい。

はぁ、と深いため息をつく。

中腰でいるのがだるくなり、藤堂はそろそろと立ち上がって服を引っ張ってみた。

西山の言うようにきれいな状態でなくても、レンズの欠片でも見つかれば交換できるかもしれない。そう思うのに、さっぱり見つからなくていやになる。

「どんな感じで落としたんですか」

「どんなって、ノックの音がしたから立とうとしたら、さっきまでコンタクト入ってたのに、いきなり右目が見えなくなった」

「……目の奥は？　ずれてないですか。痛いとか、異物感があるとか」

「それはまだ慣れてないから、ゴロゴロした違和感があるが……イッ」

瞼《まぶた》の奥を意識するとレンズが引っかかっている気になって、そうかもしれないと思った。

「じっとして。充血してますね……ああ、ほらあった。落としてないですよ」

西山に無理やり右目を指で大きく開かされ、瞼をめくられる。ぐりぐりと指でコンタクトの在り処《あか》を確認して眼球を動かせと無茶を言われる。

「俺がここ押さえてるから、こっちに目で迎えにきて」

「無理だ！　できねぇ」

「このままだと痛いでしょうが」

「できねぇって、もう……ッッ、さっきよりもっと痛くなってきただろっ」

「暴れると、目の中を傷つけて血管切れますよ。できないですか？　しょうがないなぁ」

脅されながらなんとか西山の協力で、コンタクトを目から取り出すことができた。ついでに左目のコンタクトも外してしまう。

ケースにハードコンタクトレンズをしまって、藤堂が疲れた声を出す。

「もうコンタクトやめるわ……」

「大丈夫ですか。藤堂先生、普段は眼鏡されてませんでしたよね？」

「ああ…。眼鏡も車の運転以外はかけてないんだが、乱視があるんだ。この春から階段教室の講義をやるようになったから、後ろの席までちゃんと見えたほうがいいかと思って、コンタクトにしてみたんだが、もうやめる。こんだけ落としたりずれたりするんなら、使いにくい。高いし無駄だ」

これまではそう広くない教室での、どちらかというとマイナーな講義が中心だった。だが、今年度から必須科目も担当することになったため、広い教室で講義を行うことになった。これまでと違って、学生たちに目が行き届かないのではと不安があった。

真面目《まじめ》ですね、と西山が感心する。

「自分に合う度数とカーブがわかっていれば、いちいち高い店にいかなくても通販で安く買えますよ。ソフトレンズにすれば落ちないし」

「そうなのか？　詳しいな。でももういいわ……とにかく助かった、ありがとう。――あ、それで西山、なんの用だったんだ？」

思い出したように尋ねる。

「執行役員会からの依頼で、六月の総会で藤堂先生に文学部を代表してスピーチをお願いしたいんだそうです。これが依頼書と、当日の大まかな進行予定表です」

「拒否権はないのか」

「……断らないでしょ？　あなたが今年スピーチにあたることは予想できたはずですし」

目立つことが嫌いな藤堂は眉間にくっきり深い皺《しわ》を寄せて、西山から封筒に入った書類を受け取った。

昨年まで、藤堂は一介の大学講師だった。同僚たちとも距離をおいていて、ちっとも社交的でなく、ひっそりと日本文学研究だけしているのが好きだった。それなのに突然、早期退職した教授の後釜《あとがま》に推薦され、専任講師から准教授になることが決まってしまった。ポストが空いたんだろう。

まだ齢《よわい》三十二の藤堂に、大学側の思い切った人事は迷惑でしかなかった。かといって、せっかく研究職につけたのにむざむざ辞めてしまうことも、世話になった教授に恩を仇《あだ》で返すようでできなかった。

「それと」

「それと？」

西山は机に手をつき、少し顔を傾けて愛想のいい顔でにっこりと微笑んだ。

「今夜、一緒に食事でもどうですか」

※※※

先週の金曜日。

今年度の新入生入学に関する一連の行事がようやく片付いた四月末、日本文学科教職員の懇親会が開かれた。こうして新学期が始まるまで、専任講師になってほんの数年しか経《た》っていない藤堂が、准教授になったことを知らされていなかった教職員もいて、彼らの中にちょっとした衝撃が走ったらしい。藤堂は有名人でもなんでもない。さすがにそれで三十二歳での准教授昇進は、異例の措置だ。

長年勤めている教員の中には派閥《はばつ》もあるが、藤堂はあまり彼らと関わってこなかった。やっかみを受ける覚悟をしていたが、おおむね予想通り「なぜこんな若造が」という反応で、ほかの講師や教授たちに挨拶《あいさつ》をすると、あてこすりや遠回しな嫌味を言われた。

発表後、ストレートに祝福してくれたのは、客員講師の片野《かたの》欣司《きんじ》だけだった。彼は能楽に関する研究をしていて、中世から近世文学を得意としている藤堂と、趣味が重なるところがある。

冒頭で指名されて挨拶だの抱負だのを言わされたあと、藤堂は鉄壁の笑顔を貼り付けて諸先輩方から一通り酒を受けた。励ましという名の説教と、心のこもらない祝福の言葉を浴びせられ、忍耐を要する時間をすごした藤堂が皿の料理に手をつけられたのは、懇親会の終わりかけた頃だった。

「どう、准教授になって給料上がった？」

片野がスルメの天麩羅《てんぷら》の乗った皿を手にやってきて、藤堂の隣に座る。この大学にきて三年ほどの付き合いだ。年齢が近いため、講師室で見つかるとよく話しかけられた。

恩師を除き、大学内で唯一まともな付き合いがある相手だ。

客員講師という立場の片野は外部の人間で、なんのしがらみもなく気楽に話せる。学内で腹の探り合いをするのが面倒な藤堂にとって、有難《ありがた》い存在だ。

「変わらねぇ。年齢基準とかでほとんど変わらなくて、安月給のままだよ。せいぜい研究費の支給額がちょっと上がったぐらいだな」

「そっかー。でも研究室をもらえたんだろ」

「ああ、それだけはよかった。やっと気が抜ける。……ヨ文の講師室は狭いし、なんとなく居辛かったしな」

「わかる。俺なんか、週に一度しか行かないから余計に居辛い。こないだなんかさ、ポットでコーヒードリップしてたら、トークだけですむ片野さんは講義の合間に休憩できていいですね、とか言われたぞ。講師室で肩身が狭いから、家でプリント作ってんだっつーの」

愚痴《ぐち》った片野が藤堂の研究室にコーヒー飲みにいっていいか、と聞く。

「ああ、そういえば備品のポット貸し出し請求するの忘れてた。もらえたらいつでもお湯やるよ」

「お湯？　コーヒーは？」

「来客以外のお茶代は准教授だって自費なんだよ。茶葉くらいは買い置きするけど、まあコーヒーもそのうち揃《そろ》えるさ」

「マイカップと一緒に、自分で持ちこんだほうが早そうだなー」

片野が笑ってぽんぽんと藤堂の肩を叩く。そして耳元に顔を近づけてきた。

「喜んでないのは知ってるが、少しは嬉しそうな顔しろよ。そんな態度してると余計にあれこれ言われるぞ」

忠告されて、藤堂はなんともいえない顔をした。

「ちゃんと笑ってるつもりだ」

「しれっとしてっから、その笑顔に心がないんだよ。未熟者ですハハァ、みたいな顔で二次会頑張れ」

できねーよ、と藤堂は胸のうちでつぶやいた。

この居心地の悪さは、望んでいなくても引き受けてしまった藤堂の中途半端さが招いた結果だ。自分でもいやになる。

懇親会はおよそ二時間、個室の座敷で行われた。二次会まで残るのはおそらく半分以下の人数だろう。カラオケバーのような店を予約してあるという。

例年は一次会のみ出席していた藤堂だが、今年は准教授になった祝いの席も兼ねているため、必ず二次会にも顔を出してくださいと幹事に頼まれていた。

個人で誘い合うことはあるが、積極的に交流のない教職員と一緒になる懇親会は年に一度、この機会だけだ。

しかし、実際二次会の会場に移動してみると、小さなテーブルごとに数人ずつ分かれて座る形らしく、もはや懇親会というよりただの飲み会のような状態だった。これなら藤堂が抜けたって目立たなかった。

「出なくてもよかったじゃん……」

片野はうまく逃げたようだ。姿が見えない。

「藤堂先生。ここ、いいですか」

幹事が出席者に好きなテーブルにどうぞ、と案内する中、日本文学科の助手である西山が藤堂の座っているテーブルにやってきた。ほとんど個人的に話したことがない相手だが、モデルのような容姿で女子学生に人気があるのは知っていた。

「どうぞ」

平坦な声で答え、なけなしの愛想笑いを向けて隣に座った西山にメニューを渡す。

「どうも」

西山がドリンクメニューを覗《のぞ》きこむ。

ハリのある艶《つや》やかな髪。甘いマスク。おっさんやジジイが多い中で、まさに掃き溜めに鶴だ。学生だけでなく、年配の教職員の女性陣たちにも受けがよさそうに見える。可愛がられているんだろう。

少し伸びた前髪を耳にかけている西山の横顔を見て、感心していた。すると西山が視線を感じたらしく、顔を上げた。

「なんです？」

少し笑って藤堂を見つめる。

「西山の耳の形がきれいだなと思って」

「耳？　変なところに目がいくんですね。ぐっときました？」

真顔の西山の冗談に笑ってしまった。

「……清潔は大事だよな」

西山がゆっくり首を振り、意味ありげな視線を寄越《よこ》す。

「そっちじゃなくて、色気のほうですよ。感じました？」

「バカか」

思わずそう口にしていた。

しかし、本気です、と西山が告げてウェイターを呼んだ。

ドリンクメニューの中からジンをロックで、と注文したあと、椅子に軽く座り直す。

「藤堂先生と話す機会を狙っていたので、片野先生が帰ってくださってラッキーでした」

「どういう……意味だ？」

まだこのテーブルには、藤堂と西山の二人しかいない。

「あなたを見た瞬間に運命を感じた。男に興味はないですか」

あまりにも唐突で、てらいのない口説き文句。

さらりとささやかれて、藤堂は面食らっていた。だが茶化せる雰囲気でもない。

「え……そっちの人間なのか」

「さあ？　でもあなたには触れたくて、なんかこう……気持ちがむらむらするんです」

「すんなよ」

ますます冗談とも本気ともつかなくて、対処に困る。

このテーブルに西山が座った瞬間、内心でジジイどもの相手をしなくてすんで助かったと思ったのに、これでは別の意味で窮地《きゅうち》に陥《おちい》ってしまっている。

「俺を好きになってくれる気はありませんか」

じっと藤堂を見つめ、西山がなおも言う。

嘘を許さない強い眼差《まなざ》しに、藤堂は正直に胡散《うさん》臭い視線を向ける。

眉間に深い縦皺を刻み、一応少し考える間をとった。

男に興味はないが、じゃあ女にはあるのかといわれると、実はこれまでの経験から、藤堂はそれもあまりないような気がしていた。どちらにしても藤堂は他人と深く関わるつもりはなかった。だから、西山の期待には応えられない。

「ない、というか……性別の問題じゃなくて、俺は恋愛に対して興味がない」

「じゃあ可能性は?」

「ないんじゃないか?」

他人事のようにすげなく言い返した。

でも、と西山が怯《ひる》まずに藤堂の顔から視線を外さないで確認する。

「俺が勝手に好意を持っているのは、ご迷惑じゃないですよね」

「まあ……別に、変なことしないなら」

勝手に、と宣言されるとそこは個人の自由だと言うしかない。

「そのうち気が変わるかもしれないし。俺はけっこういい男だと思うんですよ」

「知らん」

予想外の西山の告白に、尻のあたりがむずむずしてこの場から逃げたくなってくる。

「俺をよく知らないなら、これから知ってください」

「……」

藤堂がなにか言い返す言葉を捜していたら、

「あら、すごい素敵テーブル！　藤堂先生、西山くん、ここ座っていいかしら？」

古典文学担当の橘《たちばな》准教授がそばを通りかかり、色めきたった声をあげた。

懇親会の幹事で教務課の里見《さとみ》由佳《ゆか》が一緒にいた。

「お邪魔してもいいですか～」

彼女にものんびり確認されて、どうぞどうぞと藤堂が笑顔で席を勧めると、二人組はいそいそと座った。

これで西山の視線から逃れられる、とホッとする。

同じ学科内といっても、年齢も性格もばらばらのメンバーだ。

話題は自然とあたりさわりのない大学内の噂話や、文学界のニュースが中心になる。

里見が藤堂と橘の顔を交互に見て、口を開く。

「こないだ英文学科の懇親会も出させてもらって、思ったんですけど」

「うん？　なになに」

橘が身を乗り出した。

「日本文学科のほうが先生方みなさん、オタクな印象〜。仏文はオタクっていうより変人みたいな？」

「それは真理かもねぇ。仏文って特に一般人と話が通じないから」

橘がうんうんと頷いた。それから首をすくめて、文学界も最近は若い人が出てきても、質を保ったままで量産できる作家があまりいないのよねぇと落胆する。

「時代が違うっていえばそれまでだけど…。満たされない、っていう価値観が変わってきてるのか、魂《たましい》の飢餓《きが》感みたいなのを感じる作家はいないわ」

「読んでたら、おっ、こいつちょっと文学ってものをわかってるな、って思われる作家さんで、おすすめの作品を教えて下さい〜」

にこっと笑った里見に聞かれて、藤堂は少し考える。

「時代はいつのものがいい？」

「えっ、そりゃ現代語で書かれている……あまりわかりにくくないものでお願いします」

「そうだな、最近だと……個人的には園田千歳《そのだちとせ》に注目してる」

「――誰です、それ」

横から西山の冷ややかな声が挟まった。疑問というよりむしろ、不快そうな声音。

藤堂はいくら自分が好きでも、興味が薄い人間にはマイナーな作家だったかもしれない、と簡単に説明する。

「国文学者で作家の園田白扇《はくせん》は知ってるだろ？　その息子だよ。残念ながらデビュー作が出てから結構経つけど、二作目をまだ見てない」

「私も読んだわ」

橘がちらりと横目で西山を見て、曖昧《あいまい》に微笑んだ。

西山が彼女の視線から顔を背ける。

「あまり知りませんね」

硬い声でそう言ったきり、黙りこむ。

デビュー作はハードカバーでの出版だった。部数はそう多くなかったはずだし、西山が知らなくても仕方がない。それに文学青年でも読書傾向は人によってかなり偏《かたよ》っている。

「あ……聞いたことあるかも」

里見が西山のしらけた空気をフォローするように言った。

「俺は好きなんだ。好みもあると思うけど、是非《ぜひ》読んでみて」

あまり自分の趣味を押しつけると引かれる、と自覚している藤堂は苦笑した。それでも薦めたくて、大学図書館に蔵書されてるよと里見に教えた。

二次会が終わってカラオケバーを出たときには、夜十一時を回っていた。長い一日だった。ようやく解散になって、藤堂が疲れた顔で駅のホームに入ると西山が追いかけてきた。

「藤堂先生のお宅、ちどりパーク駅ですよね」

なぜ西山がそれを知っているのか、と疑問が浮かぶ。

「俺もちどりパークなんです。駅前にある大型全国チェーン、蘇芳《すおう》書店の新刊コーナーでたまに藤堂先生を見かけるんで」

藤堂は毎週水曜と金曜、仕事帰りに必ず本屋に立ち寄ることにしている。大学まで電車の乗り換えなし、という通勤通学の利便性を考慮すれば、住んでいる地域が重なることは不自然ではないが、知らないうちに見られているというのはいい気はしなかった。

「……だったら、声かければ」

中年親父が酔っぱらってホームでよろよろ歩きながら大声で歌っている。酔っぱらいから、西山が藤堂をかばうように背を軽く引っ張った。

「今度からそうします。本当は前からそうしたかったんですが、いつも真剣に本を見てるから、邪魔しちゃ悪いのかなと思ってたんです。だけど、あなたに俺のことも知ってほしいので」

とっさにしまった、と思う。

間近にいる西山を頭から足元まで見て、誤解されないように釘をさす。

「俺はそんなに深い付き合いをする気はない」

――誰とも。

言ってから顔を伏せると、西山が身体の動きを止めた。

自分にじっと注がれる真摯《しんし》な視線を感じる。気まずくて、言い過ぎたという気持ちに襲われ、藤堂は添えられた西山の手から身体を離す。

視線から逃れて、入線してきた電車に乗り込んだ。

人に対して冷たい部分があるのは自覚しているし、できればこんなことで喧嘩《けんか》はしたくない。自分の頑《かたく》なさが人を遠ざけるのだともわかっていて、こうして藤堂に寄ってくるのは、誰とでも仲良くなれると思いこんでいる、片野や西山のようなマイペースで人懐こいタイプだけだ。

嫌いではないけれど、彼らとはそこそこ浅い付き合いで充分だ。どれだけ人間的魅力があろうとも、そこから先の付き合いへ踏み込むことはしないつもりだった。

出発した電車の扉付近に立って、電車の揺れに黙って身をまかせていた。車内はそれほど混んでいなかった。

しばし思案顔でいた西山がぽつりとつぶやく。

「俺はしたいですよ、好きですから」

「え？」

「藤堂先生と、ご迷惑にならない程度のお付き合いを」

藤堂はその言葉の意味を確認するように西山を見る。

……微笑み返された。少々煙たがられたくらいでは、引く気はないようだ。

まさにいまこの気まずい空気がちょっと迷惑だ、と思った藤堂は俯《うつむ》いて口を噤《つぐ》む。

人を好きだなんて、そうやって臆面《おくめん》もなく口に出せる西山を少し羨《うらや》ましいと思う。たくさんの人間に愛されて、まっすぐに育ったんだろうか。

友人も多そうだし、きっと人に裏切られるような経験もないに違いない。

藤堂はそうじゃない。幼い頃に事故で両親をなくして、叔父夫婦の世話になって育った。そしてその親代わりだと信じていた彼らに騙《だま》されて、裏切られた。事業に失敗した叔父に実の両親が遺してくれた財産を使いこまれていたと知り、ショックだった。

進学の希望を反対されて、苦しい生活を強いられたあと、どうしても勉強がしたかった藤堂は叔父夫婦の家を出て大学に入学した。金の苦労より、心から信頼していた相手に騙されたことがトラウマになっている。

藤堂はひねた気持ちを顔に出さないように意識して、表情を引き締めた。

どう返事をすればいいか困って車窓をぼんやり眺めていると、とりなすように西山が話しかけてくる。

「ただの俺の希望です。このへん、わりと星が見えますよね」

話題を変えてくれた。

「山だからな」

汚れた窓の向こう、山の裾野に住宅の明かりが広がっている。駅前は多少栄えているとはいえ、都心とは比較にならない。

そのあとはほとんど会話をしないまま電車を降りて、階段を上って改札を出た。

駅の階段を先に下りた西山が立ち止まって、藤堂を待っていた。

「満月がきれいですよ」

階段を下りた藤堂がつられて顔を上げる。

「ああ、ほんとだ……雲がよく見える」

「けど残念なことに雲があっちに流れてるから、このままだと月を隠してしまいますね」

たわいない会話だ。

「俺は月や星より、雲のほうが好きだな。空が白んでるときとか、朝焼け、夕焼け……」

西山が少し笑っていいですね、と言った。

そして駅前通りの端で引き際よく、おやすみなさい、と丁寧に頭を下げて藤堂を解放してくれた。帰っていく西山の後姿を見つめて、藤堂は小さく息をついた。

物好きな男だと思いつつ。

※※※

五月下旬の火曜日。

「――はい。では、失礼します」

深く頭を下げて学長室から出た、藤堂は硬い表情で数メートル歩いて、階段の踊り場で立ち止まる。先月からかけるようになった眼鏡を外し、顔の下半分を片手で覆う。その場でしばらく心を鎮《しず》めようと努力した。

話は五分ほどで終わった。

たったいま、学長から聞かされた話があまりにも衝撃的すぎて、軽い眩暈《めまい》に襲われる。

大学内には教職員の一部とカウンセラーなどで構成された、ハラスメント対策委員会が設置されている。窓口になるのは保健室や相談電話が多いが、投書でも受付している。

悪質で何人も被害者がいるような場合は、学内で噂を耳にすることがある。

しかし、相談者のプライバシーに関わるため、ハラスメント対策委員会に持ち込まれた案件は、それに対して明確な処分がくだらない限り、直接運営に関わっていない藤堂が知ることはない。今回、藤堂が学長に呼び出しを受けたのはハラスメント対策委員会への投書の内容に直接関与していたからだった。……加害者として。

藤堂が、女子学生にセクハラをしているという投書があったというのだ。

藤堂に卒論の相談をしにいったら身体を触られた、という偶然や無意識のものではなく、明らかに故意のセクハラを訴えていた。信じられなかった。

匿名《とくめい》だったため、誰がそんな投書をしたのかはわからない。

事実なのかどうか聞かれて、もちろん即座に否定した。

「藤堂くんの人柄はわかっているつもりだよ。でもまあ、魔がさすってことは誰にでもあるからね。このような誤解を受けることのないように、今後は充分に注意してくれたまえ」

「いいえ、ほんとにまったく自分から学生に触れたことはないです。あたったとか、そういうことも……」

藤堂は記憶にない、と言い張った。

今回の件は厳重注意を受けるにとどまったが、学長を含むハラスメント対策委員会の役員の疑いを、完全には払拭《ふっしょく》できていないと感じた。

……信じるも、信じないも、真っ赤な嘘だ。

なぜなら、藤堂はそれほど学生にフレンドリーな教師じゃない。どちらかというと面倒見は悪いほうで、講義の質問などには真面目に答えるけれど、雑談にはほとんど付き合わないし、学生たちから飲み会に誘われても理由をつけて断っている。

男の准教授が、女子学生と面倒ごとを起こしたらどうなるかぐらい、容易《たやす》く想像がつく。そんなバカなことをするつもりなんてなかった。絶対に、冗談でも指一本女子学生の身体に触れていないというのに、学長室の空気は重かった。

しかし当事者の藤堂自身は事実無根だとわかっているが、それを証明する手段がない。

階段でギリ…と強く唇を嚙んで、考えこむ。

心当たりはないが、女子学生の誰かが藤堂のことをセクハラで訴えたのは事実だ。好かれているという自惚《うぬぼ》れはなくても、嘘の投書をされるほど嫌われているとも思っていなかった。そのことにも少なからずショックを受けていた。

投書したその『誰か』に藤堂に対する悪意があるのは明白だ。

うまく考えがまとまらずに、少しのあいだその場にじっとしていた。階段の踊り場の窓からキャンパスを眺める。

ちゃんと立っているのに、なぜだか足元が不安定な気がして頼りない気分に襲われる。

「……」

もう夕方五時半すぎだ。文学部では時間の遅い授業は専門分野だけで、居残りも少なく、この時間になると大学に残っている学生の姿はまばらだった。

藤堂は深く深呼吸して、眼鏡をかけて無理やり顔を上げた。

階段で見知った職員とすれ違い、挨拶を交わして研究室へ戻ろうとしたが、廊下を歩く足取りが自然と重くなる。きれいに磨《みが》かれた廊下すらよそよそしく目に映って、藤堂は自分がいま、いったいどんな表情をしているのかわからなかった。

教務課と研究棟への渡り廊下を通りかかると、

「あ、藤堂先生っ、さよーなら〜」

今年からゼミを担当している日本文学科の女子学生、中村《なかむら》と早瀬《はやせ》に出会った。仲がいいらしく二人はいつも一緒にいる。藤堂は一瞬びくりとしてしまい、それから慌てて取り繕うような笑みを浮かべて、帰り支度をした二人に「さようなら」と挨拶を返す。

エレベーターを上がって角を曲がったら、いつからそこにいたのか、両腕に資料の山を抱えた西山が藤堂の研究室の前に立っていた。

「藤堂先生、ドアを開けてくれませんか。頼まれた資料、一冊だけ貸し出し中でしたが、他は揃いました」

今週中、時間のあるときでいいと言って、西山に今朝メモを渡したのに仕事が速い。

「俺がいないときは、教務課で研究室の鍵借りられるんだから、勝手に置いていってくれたらよかったのに。重いだろ」

藤堂がポケットから研究室の鍵を取り出しロックを解除する。扉を大きく開き、先に西山を中へ入れた。

「そんなことをしたら、藤堂先生と会うチャンスが一回減るじゃないですか」

言いながら西山が本と資料の山を、机の上にどさりと置く。

「……」

「留守にするなら、パソコンは電源を落としていったほうがいいんじゃないですか」

「ああ、そうだな…」

二十分ほど前、内線で学長に呼ばれて出ていったときには、この時間ならもう誰も来ないと油断してしまっていた。他人に見られて困るものにはロックをかけてあるが、念のため、パソコンに触られた形跡がないことを確認してほっと息をつく。

「なにかありました？」

西山が藤堂の顔色が冴えないことに目ざとく気づいたようだ。

「……疲れただけだ」

答えながら外した眼鏡をやや乱暴に机の上に置き、目と目の間を指先でギュッと押さえる。

——どうしたらいいんだ。

いまはまだ証拠もなく、匿名の被害者の特定もできない状況だ。学長は表面上、藤堂の弁解を信じると言ってくれたが、腹の中ではどう思っているか知れない。不祥事に発展する前に問題を起こすな、と注意を受けたのだ。

なにか、対策を考えないと。

「藤堂先生、今夜あいてますか」

声のしたほうに顔を向けて、目を瞬いて西山の顔を見る。

……ここで断っても、少し残念そうな顔をするだけ。西山はしつこくしたりはしない男だ。藤堂はすでに数回、西山の誘いを断っている。

一番驚いて残念そうな顔を見せたのは、一月ほど前だ。

コンタクトレンズ騒動で偶然、藤堂の窮地を救ってくれたあと、西山はかなりの確率でいけると思って「今夜、一緒に食事でもどうですか」と誘ってきたようだった。

あっさり断った藤堂に「どうしても駄目ですか」と食い下がったのは、そのとき一度きりだ。目の前の色男は、そのあと「そういう融通のきかない性格も、藤堂先生のイメージとブレがなくて、ますます惹《ひ》かれます」なんてバカな発言をして藤堂を呆《あき》れさせた。

「藤堂先生？」

顔を見つめたままぼうっとした藤堂の腕に、西山が軽く触れてくる。

腕を引き、藤堂はぎこちない微笑を浮かべた。

「……そう、だな。——あいてるよ」

助手である西山の存在を利用すればいいのかもしれない。

※※※

帰りが楽だという理由で、お互いの仕事が終わったあと、ちどりパーク駅前にある店で食事することになった。

セクハラをしていると思われないために、藤堂にできる防衛策は、学生たちにつけいる隙を与えないようにすることだ、という考えに行き着いた。

しかし西山が藤堂に下心があるとも知らずに予想以上に喜んだので、誘いに乗ったことを少し後悔する。

浮かれた様子の西山に、行きつけだという店へ案内された。隅にあるテーブルに座る。

「お酒は？　やっぱりビールですか。ここは日本酒も美味しいんですよ。おなかすいてますか。なんでもお好きなものをどうぞ」

テーブルにメニューを開いて、西山がにこにこと酒と料理の説明をしてくれる。

「……食べ物は好き嫌いないから、適当にまかせる」

「へえ、いいですね。俺は生の魚が食べられないんですよ」

「じゃあ刺身の盛り合わせ」

西山のつぶやきに言い返してやった。

「そういうこと、さらっと言うのがとても可愛いですよね」

どうしてそうなる。

「西山って、学生にもそんな態度なのか？」

これだけ顔が整っていて、調子のいいことを言う男なら、個人の好みはあるだろうがキャンパスでもかなり騒がれるだろう。

「まさか。藤堂先生にだけですよ」

席に座って五分も経たないが、尻のあたりがむずむずして帰りたくなってきた。西山のそばにいると、いつもそんな気分にさせられる。不愉快なのとはちょっと違う。

注文をするとすぐに二人分の生ビールが運ばれてきた。

社会人同士らしくお疲れさまです、と丁寧にグラスを掲げて、西山は中ジョッキを三分の一ほど呷《あお》った。それから藤堂を見つめる。

「……それで、先に口説いていいですか？　それとも、あなたの用事を先に聞きますか」

西山のこういうところが、気を許せないと思うし、侮《あなど》れない。ただ西山に限らず誰に対しても、藤堂は気を許すつもりはなかった。

人を信用しなければ裏切られるようなこともなく、そこそこ穏やかに生きていける。

「俺が先に……」

ちらりと西山を見て言うと、どうぞ、と譲ってくれた。目の前で西山が軽く姿勢を正す。

いくら相手を選んだとはいっても、セクハラ疑惑をかけられている、と話すことは少し勇気がいった。

「今日の夕方、急に学長に呼び出されたんだ」

「ええ、それで」

相槌《あいづち》を打って続きを促《うなが》してくる。

「俺……が、女子学生にセクハラをしていると、ハラスメント対策委員会に投書があったそうだ」

「セクハラ？」

西山は驚いたように目を見開いた。

つかの間、藤堂の顔色を窺い、言葉を選んで話す。

「――だけどあなたは、学生と親しくしてないでしょう。なにか誤解されたということですか？」

「わからない。心当たりはないんだ」

「でしょうね。数少ない若い男の講師だし、あなたは格好いいからモテて、女子学生に興味を持たれても、全然相手にしてないのを俺ですら知ってますよ」

そうなのだ。純粋にモテているのとは少し違うと自覚がある。余計にやっかいだ。

狭い世界のことだから、目がくらんでたしかに男の講師に憧《あこが》れる女子学生もいるにはいる。だが、藤堂は学生たちとも教職員とも、常に一定の距離をおいて付き合っている。いままでトラブルを起こしたこともなかった。

「だけど、それを証明できない。陰でそういうことをやってるって疑われたらそれまでだ。だから学生とは二人きりにならないように、俺が注意するしかない」

「そうですね、気をつけないと」

西山が藤堂の考えを見透かすような顔をする。察しのいい男だ。

「……学生が訪ねてきそうな時間帯だけ、なるべく研究室に顔を出してくれないか」

西山がすぐに頷く。

「わかりました。いいですよ、そっちでできる仕事は持ち込んでやれるように調整します」

「助かる。学長には俺から頼んでおく」

細かいことは、後日大学で話を詰めることにした。

「お刺身がきましたよ。藤堂先生、どうぞ」

豪華な数種類の刺身が絵つきの大皿にきれいに盛り付けられ、キンキンに冷えた皿をドンッと目の前に置かれる。冗談で言ったつもりだったのに、しっかり注文されてしまった。

仕方なく醤油を小皿に垂らして、片付けにかかる。

ただ食べている藤堂の様子を、西山が笑みを浮かべて見ていた。

「にやけた顔すんな」

「嬉しいんだからしょうがないですよ。理由はどうであれ、これはデートですからね」

理由を気にしてほしいと思いつつ、ため息をついてビールを喉に流しこむ。

人に打ち明けたことで、ほんの少し気が軽くなっていた。

「西山ってどうしてうちの助手になったんだ？」

去年の秋頃から大学内で姿を見かけるようになった。よその大学院からきたのだろうかと謎だったが、特になにかを研究しているわけでもなさそうだ。

「学生と接するのが楽しいから、ってのと……いろいろ行き詰って、少し若い人から刺激を受けようかと思ったんです」

珍しく西山がやや自嘲《じちょう》的に口元をゆがめる。

藤堂には、いままで西山はあまり苦労せずに生きてきたように見えていた。しかし実際には彼にも、悩みや葛藤《かっとう》があるのだ。そうだとしても、そこにあまり深く踏み入ることはしないつもりだった。知ったところで有益なアドバイスはできないし、なにより他人とはあまり関わらずに生きていきたいと思っている。自分のことを好きだという男に、万が一にでも、藤堂の発言が影響力を持ってしまうことがいやだった。

「西山だって若いじゃないか」

藤堂より五つか六つ、年下のはずだ。

「でもやっぱり、現役の学生とは物事の感じ方が違います。……学生ではない立場であなたに会えて、よかったと思ってますけど」

「……どうして？」

慎重に言葉を選ぶつもりが、気がつくとどんどん西山の罠《わな》に嵌《は》められてしまっている気がしてくる。

「あなたは学生とは恋をしそうにない」

やけにきっぱりと断言される。そう外れてもいなくて、藤堂は苦笑する。

「こないだから聞こうと思ってたんだが、おまえの中の俺のイメージってどんなの？」

「そうですね…」

西山が顎を手で擦り、少し笑う。そして、冷たいふりして実は義理堅い、とつぶやいた。

「俺は冷たいよ」

「本当に心から冷たい人は、一見優しいふりしてるもんですよ。お辞めになられた三笠《みかさ》教授の件だって、ずいぶんあなたが学生たちにフォローしていたと聞いてます」

三笠教授には大学時代から師事していて、藤堂が大学講師になったのも彼の影響力が大きかった。彼はすでに六十を超えていたけれど、大学教授に決められた定年はなく、足腰も丈夫で元気だった。

だが昨年、家庭内の事故で、教授の奥さんが要介護状態になった。それから突然授業が休講になることが増えて、ついには定期的に大学へやってくることさえ難しい状態になってしまった。

藤堂は代講やゼミ生たちの卒論のフォロー、教授に負担のかからない試験の採点方法を考え、その手伝いなどをしに何度か教授の家へ足を運んだ。

「面倒だと思ってたさ。仕事だからやったんだ」

学生時代から、藤堂に目をかけてくれた教授への恩を多少感じていた。そのせいで引き受けたのは事実だが、奥さんの介護の手伝いをしたわけじゃない。特別なことはなにもせず、仕事として淡々と事務的に処理しただけだ。

「仕事でもそれをやれない人はいるし、逃げて他の人に押しつける人だっていますよ。そうしないあなたは少しも冷たくなんかない。優しくて素敵な人だ」

褒《ほ》められたってちっとも嬉しくなかった。

なにも准教授に推挙されたくてやったわけではなかったのに、結果的に、そのまま退職してしまった三笠教授のあとを埋める形で、藤堂が研究室をもらい受けることになった。

「……本気でやらなきゃよかったって後悔してる。俺は気楽な講師のままがよかったんだ」

そうすれば、セクハラで訴えられることもなかったかもしれない。

不本意だと苦々しく漏《も》らすと、西山が目を細めて言う。

「協力しますよ。これで藤堂先生と仲良くなれたらラッキーって思ってるんですから、いくらでも俺を使ってください」

西山の協力は必要だが、だからって気を許したわけじゃない。

「こら。そんなに顔を近づけるな。そっちに戻れ」

いつのまにか西山が椅子を藤堂のすぐ横に移動していた。軽くにらみつけてやる。

「さっきも言いましたが口説いてるんで、少しくらいは大目に見てください。……俺は目《め》障《ざわ》りですか」

隣り合った腕と腕がぶつかった。わざとだ。

気持ち悪いとか、耐えられないとか、生理的な嫌悪感は不思議と湧いてこなかった。ただ戸惑ってしまう。いつも目障りだと思う一歩手前で、西山がひくのだ。

しつこくされると腹が立つと思うが、いまもすっとぶつからない距離にまで、さりげなく座り直した。

「いや……そうじゃないが、どんだけ物好きなんだ。そんなふうに俺におもねってもなにも出ないぞ」

「ご心配なく、趣味はいいほうです。たまに笑ってくれたらそれで充分です。俺はあなたの笑顔が見たいんですよ」

「キモい」

思わず素になって言い返してしまった。

「それじゃ、なにか笑ってもらえるような話をしましょうか」

懲《こ》りずに西山が椅子に座り直して、また少し身体を近づける。そして食事をしながら、機智に富んだ小ネタをいくつか披露する。

藤堂はつい興味津々に聞きいって、その話のオチに感心した。

「それ、どこかで聞いた話なのか？」

「いいえ、作り話です」

特に研究テーマを持っていないという西山だが、目の付け所がいいというか、藤堂が興味のある分野の知識も広いようで、沈んだ気持ちで店に入った藤堂は思いがけず、西山と楽しい時間を過ごして店を出た。

「そういえば、園田千歳の本ですけど」

外に出ていきなり西山が言い出して、ああ、と頷く。

以前に藤堂が懇親会の二次会で、話題にした本だ。

「読んだか？」

「……ええ」

かすれた低い声で、肯定があった。

あのときには気に入らないような素振りを見せていたのに、藤堂が好きだと薦めたから無理して読んだのだろうか、と藤堂は西山が可愛く思えた。

「どうだった?」

その質問に、西山は返事に困ったような顔をする。どんなふうに感じたのか興味があったのだが、逆に聞き返された。

「……あの本、どういうところがおもしろいんですか」

「どういうって……。そうだな、少し暗い話だけど、主人公が人間らしくて惹きつけられる。それと、ところどころでドキッとさせられる、きらきらした感性が魅力かな。バランスは少し偏っているけど、うまく言えないが、なんかいいんだ。彼はこれからどんな作家になるんだろうって、読んでいてわくわくした」

ゆっくりと考えながら話しているうちに、思い出すことがあった。

学生時代、藤堂はゼミの教授と相性が悪かった。そのため、そちらへは必要最低限しか顔を出さなかったが、当時、週に一度大学に教えに来ていた三笠教授のところへ、よく話をしに通った。

もともとミーハーな部分で言えば、藤堂は研究者としても個人としても、園田白扇のファンだった。それを知った教授の好意で、学生時代に一度、彼の屋敷を訪れる機会に恵まれた。そのときに庭を自由に見せてもらって、一人の繊細そうな少年と出会った。少し言葉を交わした程度で、会ったこともほとんど忘れてしまっていたが、あとになって園田千歳が白扇の息子だと聞いた。ほかに息子はいなかったはずだから、その少年が書いたものではないかと思い当たった。

親と子だからというのは、作品の評価にはまったく関係していない。それぞれに魅力があるのだ。ただ、藤堂が園田千歳を応援しているのは、研究者を続けるかどうか迷いがあったときに、彼の本を読んだせいもあるかもしれない。

趣味を仕事にしたことにより、研究者の視点で考えながら読むようになってしまい、単純に読書を楽しむことが難しくなっていた時期があった。そんなときに出会った一冊で、若々しい感性が新鮮だった。違う世界に心を持っていかれるというおもしろさを、藤堂に思い出させてくれた。

「そんなによかったですか？」

「そりゃデビュー作だし、拙《つたな》い部分がまったくないわけじゃないけど、俺はもっと彼の書いた話を読んでみたいって思わされたんだ。だから第二作を待ってる」

壁にぶつかっているんだろうか、なにか書けない事情があるのか、デビュー作があまりにも売れなかったのか、もう本人が燃え尽きてしまったのか。長い間、次の本が出ないのには理由があるのだと思うけれど、読者としては待つしかない。

「ふーん……」

西山が首の後ろを掻いて俯く。数秒してから、藤堂を振り返った。

「ボロ家ですけど、このあと俺の家、来ます？」

まだ話し足りない、聞き足りない、という思いはあったものの、ついて行って押し倒されるのはごめんだし、いらぬ期待をさせてもまずいとわかっていた。用事はもうすんだ。

「行かない。また大学で」

西山は肩をすくめて残念、とつぶやいただけで引き下がった。

「じゃあ、お疲れさん」

藤堂はほっとして帰ろうと踵《きびす》を返す。

その直後、西山が背中にぎゅうっと抱きついてきた。西山の方が体格がいいので、覆いかぶさられたような格好になる。

「おいっ」

驚いて声を上げる。

一度油断したあとだけに、心臓が止まるかと思った。

「――大丈夫。誰もあなたが学生にセクハラしたなんて信じないです。無実を証明しましょう」

低い声でささやかれる。その声には静かな怒りがこもっている気がした。

※※※

西山を、すごいと思った。

昼間は藤堂の研究室に仕事を持ち込むようになって、藤堂が一人でいる時間はほとんどなくなった。ゼミの時間にも研究室に在席して、手があいていれば学生の指導を手伝ってくれる。内向的な性格の学生とも楽しそうに話をするし、すっかり感心していた。説明の仕方もうまく、自分よりもよっぽど講師に向いてそうだ。

コン、ココン、と独特のリズムをつけて研究室の扉がノックされた。

よく研究室を訪れる人間は、ノックの音でだいたい誰かわかるようになってきた。学生たちは総じて、控えめなノックをする。この叩き方は客員講師の片野だ。

「また来られたんですか」

入ってきた片野に西山が顔を上げて言った。

「君はまたここにいるのか」

負けじと不服そうな顔で片野が言い返す。

他の教職員や学生たちには愛想のいい西山が、片野だけは露骨《ろこつ》にいやがる。

西山はどうも片野がここで休憩することが気に入らないようだが、片野は水曜しか来ない。毎日居座られるなら、藤堂も鬱陶《うっとう》しいと思うことがあるかもしれないが、そもそも週に一度しか大学に来ていない相手なので、許容範囲だ。

とはいえ、藤堂が留守のときは二人で話していることもあるらしい。本当に二人の仲が悪いのか、藤堂が片野と親しくするのに西山が妬《や》いているふりをしているだけなのか、よくわからなかった。

片野は藤堂にお疲れと挨拶をして、テーブルに教材を置いた。棚からマイカップを取り出し、ポットのお湯で自らコーヒーを淹《い》れる。香ばしいいい匂いが部屋に充満する。

引き出しの中に、コーヒーの業務用ドリップパックを常備していた。袋に「片野用」とマジックで大きく書いてある。

西山もここに私物を置いているし、最近では学生たちまでが少しずつオヤツを持ち込んでいる。西山目当てに、藤堂の研究室を覗く学生までいる始末だ。

「片野先生、先月に比べて学生の出席率どうです?」

「三割くらい減ってんな〜。伝統芸能の講義は必修じゃなくてマイナーだし、俺は出席確認とらないから、最終的には半分以下になりそう」

片野の授業には、舞台を直接観に行く現地講義も含まれている。しかしそれにはチケット代もかかってしまうため、興味本位で履修した受講者が脱落していって、最終的に舞台が好きな学生しか残らないのだ。

内線電話が鳴って、藤堂が出る。

「はい。……いますよ」

西山宛だった。どうやら冊子作成の手伝いの人手が必要らしい。

「なにかあったら、携帯鳴らしてください。すぐに戻ります」

ちらりと研究室に残る片野を気にして、西山が研究室から出て行った。

「すっかりナイト気取りだな」

コーヒーの入ったカップを長机の上に置き、片野が腕を組んで西山の出て行った扉を顎でくいと示す。藤堂は苦笑を返した。

「つまらないことを言って、あいつを煽《あお》らないでやってくれ」

「藤堂先生のことしか見えてないって感じだ」

「そんなことねぇよ。西山は俺よりずっと学生と仲よくやってる」

実際、西山がいて助かっている。少なくとも彼がいるあいだは女子学生が訪ねてきても安心して話せたし、言葉は悪いが思っていたよりずっと使える。それに西山がいるおかげで、学生たちも研究室を訪ねやすいようで良し悪しだが、西山が学生の相手をしてくれて精神的に助かっている。

「……例の話は、噂になってんの？」

この研究室に出入りしているのだし、よそから変な噂が伝わってはややこしくなると思って一応、ハラスメント対策委員会に呼び出しを受けたことを片野には話しておいた。

そのときは軽く驚いた様子で「ずいぶん面倒なことに巻き込まれたな」と苦笑しただけだった。それで、特に彼の態度が変わることはなかった。

「さすがに直接なにか言われることはないが、たまにいやな感じの視線を受けることがあるんだよな……。少しずつ噂が広まっているのかもしれない」

あーもう、と藤堂は重いため息を落とした。誰が投書をした犯人かわからず、学内で西山以外の人間と接触するのに緊張を強いられるようになっていた。

「イタズラにしたってたちが悪いな。心当たりがないなら、あまり思い詰めなくていいんじゃないか？」

「思い詰めてなんかないさ。ただ、なんかやたらと疲れる……」

セクハラだと誤解を与えないように、話し方や態度に注意を払わなくてはならないわけで、精神的プレッシャーがかかる。学生と話すたびに神経を遣い、名前の呼び方や声のトーンにも気を配って、帰る頃には普段の倍以上疲れてしまっている。

「大学に出てきたくなくなったら、いっそ二週間くらい休んでみたらどうだ？　学生たちは休講になって喜ぶ」

ただの講師だったときは、研究旅行なんかの名目をつけて事前に申請すれば、一週間や二週間休むことのできる自由さがあった。でも、いまは――。

「ゼミがあるから、そういうわけにもいかない」

「藤堂先生は責任感が強いな」

そうじゃない。もし自分がいないあいだにもっと酷い噂が流れたら、と悪い想像をしてしまうのだ。

だが片野に必要以上に心配されるのもいやだった。

「………噂は気にしてない。やましいことはないんだ、いつもどおりに行動してるほうがいい。そのうちほとぼりが冷めるだろ」

藤堂は立ち上がって窓の外、緑豊かなキャンパスを見遣った。

窓ガラスに向かって人の噂も七十五日って言うしな、とつぶやく。

「そうは言っても、気にしてないって口に出してるうちは気にしてるんだよ。……だけど、ハラスメント対策委員会に訴えた話は、外部には漏れないはずだろ。それなら噂の出所があるってことだ」

藤堂の背中を労《いたわ》るようにトンと叩き、片野が思案するような抑えた声で言った。

※※※

噂の出所。

誰かが、意図的に噂を流している……？

ハラスメント対策委員会への投書だけでは、藤堂に表立った処分は下されなかった。それはセクハラがあった事実を証明できないからだ。

そういう投書があったことは公表されていない。それなのに学生たちのあいだに、そういう噂が出てきたならおかしいことになる。ハラスメント対策委員会のメンバーの口が堅いことを前提にして、考えてみなければならない。

投書があったと知っているのは学長、藤堂自身、それに藤堂が教えた西山と片野。あと一人、投書をした犯人だ。

ということは、噂の出所を探っていけば、犯人に行き着く可能性が高い。

午後の講義を終えて、つらつら考えながら研究室に戻る途中、廊下で呼び止められた。

「藤堂先生〜」

学生課の水木《みずき》が手を振りながら小走りに寄ってきた。二十代後半の女性だ。

反射的にびくっと警戒しそうになった自分に苦笑し、水木に身体を向ける。

「なんですか」

「あのですね、ちょっとお願いがあるんですけど……」

その内容を聞いて、藤堂は一瞬黙りこんでしまう。

学生たちが新しく作った研究会や、サークルの顧問を受け持ってほしい、という要望だった。学生数人と専任教員の顧問がいれば、大学側に申請して部室の使用許可や大学構内での活動の許可を受けることができる。

「……そういうのは…」

どう言ったものか、と首を捻《ひね》った。藤堂がセクハラをしているという噂がまだ教務部には伝わっていないか、単純に水木が知らないだけか、判断がつかない。

「難しいですか？　でも学生と一緒に学祭とか参加できて楽しいですよっ。それに活動日の少ないサークルもあるし、顧問を引き受けてくれる先生がいないかって、よく学生から相談されるんですよねぇ」

なんとか頷いてほしそうな水木には申し訳ないが、快《こころよ》く引き受けることができなかった。藤堂はいま、誰と話していても相手の真意を疑ってしまう。自分に人の裏を見抜く力がないということを、過去に思い知っていた。

間抜《まぬ》けな話だが、信頼していた人間に裏切られてから、やっと自分に向けられた優しさや好意が、全部嘘だったのだと気づくのだ。

……あんな思いは、もう二度とごめんだ。

藤堂に関わる学生が増えれば、そのぶん疑う対象を増やしてしまう。

「すみません、今年は余裕がないんで……ちょっと」

努めて冷静にゼミや卒論指導があるから、と言葉を濁した。

「あ、そうですよね。わかりました。じゃあ、もしもやってもいいって思われたら、いつでも声かけてくださいね！」

水木はにこっと笑ってすぐに引き下がる。それから、フォローするように付け足した。

「藤堂先生、こないだからずっと言おうと思ってたんですけど、その眼鏡すごくお似合いですっ」

面と向かって褒められて、つられて微笑み返した。

「ありがとう」

水木の後姿が完全に見えなくなってから、藤堂は壁に寄りかかった。腹部を手で押さえる。

「……ッ…」

胃のあたりが、ぎゅうっと引き絞られるように激しく痛んだ。最近ときどきこうなる。

四十秒ほどやや屈んだ体勢で痛みを堪《こら》え、細く息を吐き出した。俯いたまま汗の浮いた額に手をやろうとすると、眼鏡のフレームが手に当たった。

「大丈夫ですか。頭痛でも？」

気遣う優しげな声。耳慣れたトーンは西山だ。

「……平気だ。少し腹の調子が悪いだけだ」

気力で声を絞り出し、背後から回された手を振り払おうとした。しかし西山が強引に肩を貸してくる。

「保健室へ行ったほうがいいんじゃないですか。今日は藤堂先生、もう授業ないでしょう」

「いや、いい。おまえ、冊子作成はどうした」

「まだやってますよ。チャイムが鳴ったんでちょっと休憩して、あなたのところへ様子見に顔を出そうかと思ってたところです」

いくらいいからと言っても西山は聞かず、強く握られた腕を振り払うことができなかった。ムッとした藤堂が一人で歩ける、と主張する。

「これじゃ格好悪い」

学生たちの視線を気にして言うと、ようやく軽く手を貸すにとどめてくれた。

西山は明らかに研究室ではなく保健室へ藤堂を誘導している。それがわかったけれど、気づくと藤堂は力強い腕に引っ張られるようにして歩いていた。

抵抗する気力が失せた頃、保健室の案内マークが見えた。

ここまできたらもう引き返すより、痛み止めでももらって帰ろうかという気になる。

西山が藤堂の肩に手をかける。

「あなたは食だって細いんですから、身体は大事にしてください。――すみません！」

逃げられないように藤堂をがっちり摑んで、西山が勢いよく保健室の扉を開けた。

保健医の若林《わかばやし》が簡単な問診をして、痛み止めを出してくれた。

「決まりなんで、先生も薬の持ち出しはここに一応名前を書いてください。……学生もやっぱり、梅雨時《つゆどき》は調子を崩してしまう子が多いんですよねぇ。この時期なんとなく体調が悪いとか、やる気が出ないとか、メンタルケアのほうも大忙しで」

シャツの中で、電子体温計がピッと鳴った。

「あら、藤堂先生……微熱ですね。顔色もあまりよくないようですし、ベッドで休んでいかれたらどうですか」

「そうしてください」

藤堂がなにか言うより先に、西山が答えた。

いまは休み時間だ。保健室で寝る気はなかったが、次の四限目が始まって廊下が静かになってから研究室に戻ればいい。そう思って、形だけ隣の部屋の鍵を借りた。

文学部の保健室には、カーテンで仕切られた奥にベッドがいくつか設《もう》けてある。けれどそれらは女子専用になっていて、保健室の隣の部屋に、男子用のベッドを置いていた。もともと三春丘学園大学は女子大だったが、少子化の影響で数年前から共学になった。だから男子用のトイレの数も少ない。

隣の部屋は元用務員室に男子用のベッドを置いただけという有様だけれど、人数も少なくおとなしい男子学生たちからは、いまのところ苦情なんかは出ていないようだ。

スポーツ飲料と薬を礼を言って受け取り、カーテンで仕切られたベッドが二つ並んだだけの、殺風景な部屋に移動した。

ベッドに座ってネクタイを緩《ゆる》めた。スポーツ飲料のペットボトルに口をつけると、液体が喉を通って、スーッと身体に沁みこんでいく。

「薬を飲んだら寝てください。上着はこっちにかけます。できればベルトも外したほうが楽なんじゃないですか」

一緒に部屋に入ってきた西山が、甲斐甲斐《かいがい》しく藤堂の世話を焼こうとする。大学では別に服装の決まりはなく、どんな格好で何色の服を着ていようとも自由だが、藤堂は隙を見せないためにちゃんとスーツを着用するようにしていた。

脱いだ上着を西山に渡す。皺にならないようにハンガーに上着をかけた西山に、ネクタイも外してくださいと手を出されて躊躇《ちゅうちょ》する。

「すぐに戻るからいい」

「熱があるのに、どうして休まないんですか。痛みはさっきよりマシですか？」

怒ったような口調で問われて、投げやりに言い返す。

「微熱だろ。たいしたことない」

その直後、西山の手に肩を強く掴まれた。シーツの上に乱暴に身体を倒されて、揉み合っているうちに革靴が脱げてベッドの下に落ちる。

「ってぇ、西山っ。離せ……ッ！」

いきなりの行動に驚いて怒鳴った。だが藤堂が起き上がれないように、腕で肩を押さえつけられた。その状態で目と目が合う。西山のやけに真剣な顔にドキっとする。

「心配なんです。自分を過信しないで、ちょっとは休んでください」

懇願するような声で、帰りは送りますからと言われた。

「どうして、そこまで俺を心配する……？」

尋ねる藤堂の声は戸惑い、かすれていた。

巻き込んでおいて言うのもなんだが、藤堂の研究室を手伝うのは西山の仕事の範疇《はんちゅう》だとしても、こんなにも世話を焼く必要はないはずだ。

「最初に言ったでしょう。俺はあなたのことが好きなんです。だからあなたのためなら、なんだってしたい」

真摯で、曇りのない眼差しを向けられる。

たしかに、西山が藤堂を見る目には敵意は混じっておらず、やわらかくてどこか甘い。だから大丈夫だと思って、西山を研究室に入れたのだ。

……大丈夫、ってなんだ。

こいつを利用しようとしただけだ。女性の助手や院生もいるけれど、男の西山なら少なくともセクハラ問題になることはないと判断したはずだった。

自分の思考にうろたえて、藤堂はわざと冷たい声を出す。

「そんなことをして、西山になんの見返りがある？」

西山にこんな質問をぶつける意味なんかないとわかっているのに、頭が混乱気味で、勝手に口から出ていた。

「見返りなんか！　好きな人を抱きしめたいとか、キスしたいとか——護《まも》りたいと思うのは当然だ。俺はあなたをすごく大事にしたい」

摑まれた腕から西山の情熱と、真剣な気持ちが伝わってくる。

言葉に嘘はなく、ただ仕事のためというより、私情を混ぜて西山が藤堂に協力したいのだと、その眼差しが訴えていた。

けれど藤堂はそれに気づかないふりをする。

「どうだか」

小さくふんと笑った。

自分のような可愛げのない人間に、なぜ西山が惚れるのかわからない。

「俺を信用できませんか」

西山が困ったな、と苦笑して藤堂を見つめる。

「それじゃあ、あなたがなにか見返りをくれるっていうなら、俺と食事に行ったり、たまにはキスでもさせてくれると嬉しいと思いますけど」

西山が小さくため息をついて、今度は見返りを要求してきた。信じようとしない藤堂を説得することを諦めたらしい。キスひとつで騒ぐほど子供じゃない。

「いいよ。すれば」

藤堂は平然と返した。

西山が少し眉尻を上げ、押さえていた藤堂の肩から腕を外す。そして、ベッドに仰向けになった藤堂の顔の両側に手をついた。

僅《わず》かに迷うような間があり、肘を曲げて顔を近づけ、唇に唇を押し当てる。少しかさついた表面同士が触れ合って、一秒、二秒——三秒もしないうちに離れていった。

拍子抜けするような、あっさりしたキスだった。

「……それでいいのか?」

「はい。こういう下心だってありますから、あなたに付け入る隙があればなんでも利用します。優しくしたいのは本当ですが、俺があなたのそばにいられるなら、理由がなんでも

そりゃラッキーだと思って乗っかりますよ。だってそれはタイミングがよかったってことでしょう。恋はタイミングって言いますし、ね」

ぱっと身体を離した西山は、さっきまでと違った表情に見えた。なにかを決意したような深い色を湛《たた》えた瞳の中に、藤堂の具合を心配する気持ちが窺える。

「ね、じゃないだろ……」

キスではなくその眼差しに動揺して、藤堂は視線から逃げるように顔を横向けた。しかし伸びてきた西山の手に、かけたままだった眼鏡を外されてしまう。

あ、と思った。

眼鏡がなくなるだけで、この男の前で素顔を晒《さら》してしまう頼りなさを覚えた。最近まで裸眼でも生活に支障はなく、めったに着用していなかった眼鏡だ。それなのに、薄いレンズがまるで心の鎧《よろい》のように、眼鏡をかけていなくては不安になるようになっていた。

西山に顔を覗きこまれる。

もう一度キスされるのかと身構えたが、予想が外れた。

西山は手に持った眼鏡を折りたたんで、そっと気をつけて藤堂の枕元に置く。そして動けずにいる藤堂から、丁寧に解けかかったネクタイを完全に外した。そのあとで藤堂の額と瞼の上に、温かな手のひらを乗せた。反射的に目を瞑《つむ》る。

顔にかかっていた髪を何度か撫でるようにやわらかく梳《す》いて、西山が耳元に顔を近づけてくるのが気配でわかった。

「暗いほうが落ち着くでしょうし、カーテン閉めていきますね。あとで迎えに来ますから」

それまで休んでいてください、とささやいて出て行った。

扉が開いて、静かに閉まる音。そこから遠ざかっていく足音……。

いまとなっては研究室を含め、大学内に藤堂が心安らげる場所はほとんどなくなってしまった。幸い、ここには誰も来そうにない。

鍵のかかる部屋で一人になれて、深く息を吸いこんだ。少し埃《ほこり》っぽい空気。その匂いにかえって落ち着いて、ふうっと肺から大きく息を吐き出す。

もはや急いで研究室に戻る気は失くなり、藤堂は小さくつぶやいた。

「……西山は、バカだ」

顔に手で触れてみると、まだなんとなく瞼の上と唇に西山の残した体温を感じる。いくら好きだって言ったって、こんな中学生がするようなキスじゃ、その気持ちはたいしてむくわれないだろうと思うのに。

藤堂は暴れてずれたシーツを適当に直して、寝返りを打ち、再びゆっくり目を閉じた。

※※※

六月下旬。

外資系高級ホテルの広間で、三春丘学園大学第三十九回総会が盛大に開催されていた。

卒業生、在校生と新旧の大学関係者が集まり、様々な報告と、教授たちとの懇親会、同窓会をかねている。舞台の近くに、来賓と教授用のテーブルが用意されているが、基本は立食形式のパーティーだ。

学長挨拶と会長挨拶、それから各学部学科の報告から始まって、乾杯をして食事、一息ついたあたりで先生方のスピーチ、と司会が進行していく。

「藤堂先生、素晴らしいスピーチでしたっ。なんか感動しちゃいましたよ～」

壇上から下りると、里見がパチパチと手を叩いて迎えてくれた。

藤堂は軽く頭を下げる。

「はは。ありがとうございます。なにを話そうか、迷ったんですが……」

三笠教授の退職は急な出来事で、彼自身が公の場で挨拶をする機会のないまま、辞めてしまうことになった。それが気にかかっていたので、さすがにプライベートな事情までは説明できないが、なんとか彼の素晴らしい人柄だけでも伝えておきたかった。

　自分が三春丘学園大学に誘われたときのエピソードを交え、三笠教授がどれだけ文学を真剣に愛していたかを話した。最後に感謝とともに、彼が退職時に大学に寄贈してくれた貴重な蔵書を紹介して締めくくった。

　スピーチに呼ばれる前、藤堂は西山の居場所を確認した。すぐに見つかって藤堂に笑い返してくれて、なにも頼んでないのに藤堂のスピーチ中、舞台のそで近くで待機していてくれた。そのことに安心している自分に驚いた。

　……無意識のうちに西山を頼ってしまっている。

　壇上から下りると人々のあいだを抜けて、西山の姿を探す。さっきまで舞台の近くにいたはずだ。しかし職員となにやら笑顔で話しているのが見えて、藤堂は声をかけるのをやめた。

　全体総会といっても参加者はかなり偏っている。在校生の参加者は少なかったが、今年の卒業生は会費がかからないため、ちょっとした同窓会気分であちこちで数人ずつの人の輪を作っているようだ。

　舞台の上では、次の仏文学科の教授が国際交流に触れたスピーチをしている。

とりあえず引き受けた役目を無事に終えられて、安堵《あんど》していた。会場内をうろうろしていたら、三月に送り出したばかりの卒業生が藤堂のもとへ挨拶に来てくれたりした。

ゼミ生たちが藤堂に向かってやってくる。

「こんにちは～、先生！」

「あれ、来てたのか」

「藤堂先生がスピーチするって聞いたんで、これは聞かないと！　って思ったんです」

「一度、このホテルに来てみたかったし～」

ねーっと笑顔で声を揃えたのは、中村と早瀬の仲良しコンビだ。それに一緒にやって来たのかどうかわからないが、今井《いまい》、三森《みもり》というおとなしめの二人がその後ろで話しかける順番を待っている。

この四人は、ゼミでは必要以上に藤堂と口をきかない学生もいる中で、藤堂を慕ってくれている雰囲気がある。着飾ってお洒落《しゃれ》をしていて、可愛らしいなと思った。

「ねー、藤堂先生っ、ゼミ旅行とかやらないんですか」

「今年はまだどうするかわからないな。……どこか行きたいところある？」

「希望者だけでもいいから、合宿とかやりましょうよ～」

行きたい～っ、と今井と三森が手を繋いできゃあきゃあ騒がしく連呼した。一応共学なのに、彼女たちだけで集まるといっきに女子大、いや、女子高のような雰囲気になって楽しそうだ。

しかし噂のこともある。気にしすぎだと思うが、ゼミ旅行はできれば今年はやらないでおきたかった。現地講義も日帰りで現地集合、現地解散にしている。

とはいえ学生にとっては思い出になるものだし、ゼミ旅行に行きたい、という希望が多いようなら善処しなくてはいけないと感じた。

藤堂の専門分野は近世文学だ。作家の足跡を辿《たど》る旅だとか、神社や資料館で公開されている書物巡りあたりが妥当かと思うが、学生にはついでに観光できるような場所がいいのかもしれないと考える。

「……いくつか候補を出して、他の学生の意見も聞いてから、またゼミで話し合おう」

「はぁい。先生、今日はなんか格好いいですねぇ。ねっ、今井ちゃん」

「うん。でも最近ちょっと痩《や》せてないですか」

三森の隣にいた今井が、心配げに顔を曇らせて手を伸ばしてくる。腕に触れられそうになって、藤堂はさっと身体を引いた。これだけ衆目がある。変なことは起きないと思うが、念には念を入れてさりげなく両手を後ろに回した。

「俺は着痩せするんだ」

苦笑して、五メートルほど離れた場所にいる西山に視線を投げた。

西山は助けろ、という藤堂の視線の意図をきちんと理解してくれたようだ。話の区切りなどおかまいなしに、「藤堂先生」とすんなり割って入ってくる。

「あー、西山さんだっ」

気づいた彼女たちが今度は西山の周りに集まりかける。その寸前に、西山が手でわざとらしくなくちょっと、という仕草をして彼女たちに背を向け、藤堂になにかを耳打ちした。

「……ああ。悪いね、ちょっと用事ができた」

「えー、残念～」

実際は用事なんてなく、西山は耳元でいつもの調子で「お疲れさまです。とても感動的なスピーチでした」と言っただけだった。

「じゃあ、また」

不自然でない笑顔で挨拶をして、四人から離れる。会場内を歩きながら、ふっと息をついた。西山が藤堂の後ろをついてきている。

目が合った妙齢の女性とすれ違ったとき、彼女がパッと顔を赤らめて妙に愛想のいい挨拶をされた。

「藤堂先生～、スピーチさすがでしたっ。お召し物も格好よくって、素敵ですね」

名札を見てみると、どうやら執行役員らしい。普段話さない相手だ。顔だけはなんとなく見覚えがある、という程度なので名札があって有難い。

「ありがとうございます。少し緊張しましたが、三笠先生のお人柄のおかげでなんとか乗り切ったようなものです」

かすかな照れ笑いを浮かべて微笑む。服装については、はは……と聞き流すしかない。

背後で西山がからかうような口調で笑う。

「モテモテだ」

「うるせぇ」

笑顔のまま西山にだけ聞こえる声で悪態をついた。

モテてもちっとも嬉しくない。好意なのか、悪意なのか、近づく人間をいちいち疑っていたら精神的にかなりまいってしまう。

会場内の人気の少ない目立たない場所へと歩いているうちに、会場の隅まで来てしまった。壁際に、休憩のための椅子が並べて用意されている。その椅子と小さなテーブルに西山が目を止める。

「食べ損ねているなら、あまり残ってないですが、なにかとってきましょうか。あちらにコーヒーの準備もされているみたいですよ」

気を利かせて問いかけてくれた。

スピーチが終わるまでは、と料理を取るのを遠慮していたら、あっという間に大きな白いテーブルに並べられていた食べ物があらかたなくなってしまっている。見ると、あいた大皿が片付けられた中央のテーブルに、ちょうどカラフルなデザートが運ばれてきているところだ。すでに新しい皿を手にした女性たちが群がっている。

「西山だって、ほとんど食べてないだろ」

そうですね…、とちらりと藤堂を見た西山が少し考えるような顔つきになった。

「このあと、二次会とかありますか」

「なにも聞いてない。それに、もし二次会に誘われても俺は行くつもりはないよ」

いますぐ帰りたい、と口には出さないが思っていた。

「それじゃ終わったら、なにか食べに行きませんか」

「え……」

先日、保健室でキスされた。あれから西山の態度には特に大きな変わりがなく、反対に強く意識してしまうようになったのは藤堂のほうだ。

先月までなら即答で「行かない」と言ったのに、とっさに返事に迷って、数十秒してから俯きがちに断る。

「…疲れてて……体調がよくないから、まっすぐ帰りたいんだ。悪い」

いいですよ、と西山が穏やかに笑った。

体調不良が続いているのは本当だった。誰と話すのでも、変に神経を使いすぎてる。

「藤堂先生、今学期になって、まだ一度も休んでないでしょう。最近、教室の冷房がやたらきついですしね。お疲れなら二、三日、家でゆっくり休んだらどうですか」

優しい、西山の声。人が集まっている中でも、すっと胸に沁みこんでくる。なのになぜか妙にいらついて、尖《とが》った声を出す。

「おまえも片野も簡単に休め休めって言うけどな。学生じゃないんだ。勝手にさぼれるわけないだろう」

同僚の名前を出すと、それに反応した西山がやや悔しげに口元を歪める。

「片野先生、ね。俺も賛同しますよ。熱が出たり体調不良になるのは、免疫力がガタ落ちしてるってことですから、倒れる前に忠告してるんです」

「子供扱いするな。自分の身体のことは自分でわかる」

言ってしまってから、気遣ってくれているのに子供っぽい反応をしてるのはどっちだと落ち込んだ。気まずくて、西山から顔を背けた。

人の話し声を煩《わずら》わしく感じていた。元女子大だけに、こういう場には女性ばかりが集まる。それがわかっているのか男子学生はまず参加せず、周囲を見回しても、会場内にいる若い男はホテルマンを除けば一部の講師と助手だけだった。

なるべく目立ちたくないと思っても、そういうわけにはいかない。ちらほら向けられる視線や、漏れ聞こえる会話にすっかり敏感になってしまう。

「……トイレに行ってくる」

居心地の悪さを感じて、藤堂は出口へ向かった。

※※※

今年二月に新規オープンしたまだ新しいラグジュアリーホテルだ。空間を贅沢《ぜいたく》に使って、広々とした通路の隅々まで手入れが行き届いていた。足元はふんわりと沈みこむような毛足の長い絨毯《じゅうたん》が敷かれていて、二十八階の窓からは都心のビル群と広い空が見渡せる。澄んだ青い空に白い雲が浮かんで、ドラマか映画にでも出てきそうな天気のよさだ。

西山が後ろを歩いている。

「前にあなたが朝焼けと夕焼けが好きだって聞いてから、俺も見てみようとするんですけど、意識するとなかなかタイミングよく見れないもんですね。気づくと、日が落ちて夜になってしまってたりして」

「狭間《はざま》の短い時間だから、忙しいと気づかないかもな。夕闇で空の色が変わるのが見えないときもあるし――。ところで、なんでついて来てるんだ。西山もトイレか？」

息抜きのつもりで会場を出た藤堂は、視線で呼びつけたり、急に邪険にしたり、我侭なのは百も承知で言い放った。

「あなたが心配なので」

西山は藤堂の話すことを聞き流したりなんかしない。まずは態度で、態度で通じなければ言葉で、気持ちをちゃんと伝えてくる。

それを聞きたくて、確かめたくて、振り回したいと思ってしまうのかもしれない。そんな自分に戸惑っていた。

西山のまっすぐな熱のこもった視線を感じて見つめ返すと、その瞳には藤堂しか映っていないかのような錯覚を覚える。

ふっと目を逸《そ》らし、藤堂はどぎまぎしながら化粧室の扉を開けた。

「……へぇ、トイレの中までずいぶん豪勢だな」

トイレ内に大きな仕切りがあり、ベンチソファの置かれた休憩室がついていた。無駄に思えるほどスペースが広い上に、床も洗面台も磨かれたピカピカの大理石で、奥には縁に金で格調高い装飾が施された全身が映る大きな鏡が設置されている。紳士用でこれなら、婦人用はどれだけ豪華な造りなのか。

藤堂は個室で用を足して洗面で手を洗い、用意されていた真っ白いタオルで手を拭《ふ》いた。

「あんまりきれいで、住めそうですよね、ここ」

人気のないトイレ内を見回した西山が、両手を腰のあたりでグーパーさせている。

「なんだよ、その手は」

「いや、なんだか抱きしめたいなあって思って。まずいですよね」

藤堂は呆れ顔になってハッと笑った。

誰かに見られたらまずいに決まってる。しかし紳士用化粧室の利用者は、藤堂たちだけだった。一番近い広間の男性客が少ないせいだろう。拒否することは容易いが、西山がどういう反応をするか見てみたくなった。

「触りたいなら触ればいい」

藤堂がちらりと唇を舌で舐《な》めてから口を開くと、西山の身体がぴくっと硬直した。

小さな悪戯《いたずら》心が湧き上がる。藤堂は動かない西山に少し頭を傾けて、自分から顔を近づけていった。距離が詰まり、触れそうなほど近くに西山の顔がある。

至近距離で見つめ合うと、薄く唇を開いて、わざと湿った吐息を漏らした。挑発に西山がごくりと息を呑み、互いに吸い寄せられるように唇が重なる。

……誘ったのは、藤堂だ。

キスしたまま、西山の腕の中にぎゅうっと強く抱きしめられた。苦しい体勢でがっつくように唇を舐められ、強引に熱い舌がねじ込まれる。

ンッ、ンッと息をつく間もないほど激しく、口腔《こうこう》内を探られる。

「……はっ……ん……ぅ…」

一分近く、何度も角度を変えて執拗《しつよう》な接吻《せっぷん》が続いた。見かけより筋肉質で固い背中に腕を回すと、さらに口付けがぐっと深くなる。

「…あっ……」

腰に回されていた西山の手が、藤堂の着ているシャツの裾を器用に引っ張り出す。シャツを乱暴に手繰《たぐ》り上げて、直接肌に触れられた。片手で腰を押さえられたまま、もう一方の手で背中や脇腹を撫でられて背筋がゾクゾクした。

「ちょっ…おい！」

手が腰のベルトにかかったところで、思いっ切り西山の耳を引っ張ってやめさせた。するとハァハァと息を荒げた西山に、欲情した色っぽい目つきで見下ろされる。

「戻らなきゃなんないんだから、服を汚すな」

「わかってます。……だけどそれなら、あなたはどうして俺を困らせるんですか！　我慢できなくなる…ッ」

止められたことは不満そうだったが、西山が昂《たか》ぶりを抑えこむように拳を握る。

数十秒、理性と戦いながらもまだ興奮が覚めやらぬようで、身体も、吐き出す息も熱い。

「さあ？」

藤堂は不敵に微笑んでみせた。

本当に藤堂自身、どうしてそんな行動をとってしまうのかわからなかった。だけど西山を困らせてやりたくて、藤堂の言葉にどんな顔をするのか知りたくてたまらない。

「あーもー…、俺はあなたにまいってるんですよ。挑発すんのやめてください。いくら俺だって、体調の悪い人にやらしいことなんか要求したくない」

顔を顰《しか》めた西山が強い意志の宿る瞳で身体をひこうとするのを、その肩に手を伸ばして無意識のうちに引き止めていた。そして、そのまま「中に」と告げて、鍵のかかる個室に西山を連れこんでやった。後ろ手で鍵を閉める。

どっちなんですか、と西山が顔に困惑を浮かべる。

「こんな人だと思わなかった。あなたはもっと潔癖症で、男に手なんか出されたら気持ち悪がられるんじゃないかと」

西山の瞳が、驚きつつも期待に満ちた眼差しに変わっていく。

他人に気を許さずに近寄り難い雰囲気でいる自覚はあった。だけど自分がどういう人間か決めつけられると、それが当たっていても外れていてもおもしろくなくて、西山の持つ藤堂のイメージを覆《くつがえ》してやりたくなる。

「スキンシップは別に嫌いじゃないぞ」

トイレの個室に大人の男二人が立てば、もう余分なスペースはない。

さっきのキスで濡れた唇をまた舌で湿らせて、眼鏡越しに西山を見遣った。

「じゃあ、抱きしめていいですか」

返事を待たずに抱き寄せられる。藤堂の持つ他人に対する壁のようなものが、西山の前では少しずつ薄れ、二人の距離が縮まるのを感じた。

まだ完全には信用できないけれど、西山の少し速い心臓の鼓動にほっと息をつく。この男のそばにいると、特別な目で見られているという緊張と安心感が混ざる気がした。

西山が足のあいだに身体を割り込ませてきて、その拍子に藤堂の背中が個室の仕切りに当たった。

下半身を押しつけあうような格好にさせられて、顔のあちこちにキスを施される。

跡がつかない程度に軽く歯を当てて、耳朶《みみたぶ》、首筋を辿ってなだらかに盛り上がった喉仏、そして鎖骨、と順番に舐めしゃぶっていく。まるで飢《う》えた獣が本能のままに噛み付きたいのを我慢して、大事な食べ物の味を確かめているようだった。

西山は、本気で同性の藤堂に欲情している。それを身体で感じた。

「……ふっ……ぁ…」

もどかしい愛撫に、思いがけず甘い声が漏れた。

それに西山が息を呑む。しばらく服の上から触れて、身体つきを確認するようになぞっていた指先が、胸元のシャツのボタンを外そうとする。藤堂を腕に抱えたまま、再び唇にキスが戻ってきた。

「眼鏡……邪魔…」

西山がやや乱れた息でそう言ったとき、携帯電話が突然鳴りだした。

聞き慣れないメロディ。

その音に理性を飛ばしかけていた藤堂は我にかえって、なおも呼び出し音を無視して触れてくる西山の背中を軽く叩く。

「……西山、電話に出ろ」

クソッと大きな舌打ち。

「すみません、ちょっと腹を壊して……大丈夫です、ええ」

西山が電話に出て適当な嘘をついているあいだに、藤堂は素早く乱れた衣服を直した。髪も手櫛で整え、トイレには誰も入ってきていなかったけれど、個室の鍵を開けて静かに外に出る。

洗面台に綺麗な形で積まれた、真っ白のやわらかいタオルで手と顔を拭いて、鏡で全身を確認してからくるりと振り返った。

「捜されるぞ。戻ろう」

「って、コレどうすりゃいいんですか」

すっかりその気になっていたらしい西山のものに、つと視線を落とす。

「……我慢しろ」

電話で邪魔が入ったのは藤堂のせいではないが、自分でもひどい言い草だと思う。

西山があんまりだと息をつく。

「あーもう！　ここがトイレでなければよかった！」

どうにもたまらなそうな顔になった西山が洗面台に近寄ってきて、藤堂の肩に頭を擦りつけた。荒い息が首筋にかかる。

「…はは……」

「笑うなよ。……もう、笑わないでください、本気で。ああ…クソッ」

よほど我慢しているのか、学生みたいな言葉尻になって、大理石に打ちつけた拳《こぶし》を握った手に筋がくっきりと浮いている。そんな素直さが愛しく思えて、どこか温かく、くすぐったいような言葉では説明できない感情が湧く。

その瞬間、自分はものすごく西山のことを気に入っているのだ、と自覚した。

ねえ、と西山が耳元にキスしてきた。

「俺を好きになった？」

——この男にまで裏切られたくない。

「まだだ」

心を過った弱気を、強気のオブラートでくるんで返す。

「まだって、どういう意味です？」

「……わからない」

それもまた真実だった。目の前で、西山が横を向き、鎖骨の上あたりに手を当ててガクリと項垂《うなだ》れた。落ち込んだようだ。

「あなたを好きになって、俺は変わりました。あなたにもっと信用されて、求められる男になりたい。だけど俺の気持ちに応えてくれる気がないなら……、これは……めちゃくちゃ……きつい」

そこまで言わせるほど、自分のどこに西山を好きにならせる魅力があるのかさっぱりだった。けれど、西山の気持ちを知っている、自分のずるさを改めて思い知る。

藤堂は俯いている男を見た。数秒逡巡《しゅんじゅん》したが、突き放す言葉は出てこなかった。

……離れてほしくないのだ。

「諦めろなんて言ってない」

勝手なことを言い放って、藤堂は先にトイレを出ようとする。そこを、西山の腕がぬっと前に出てきて通せんぼをした。

「……あなたは本当に、憎たらしくて可愛いですね」

「………」

「もう一度、キスさせてください」

藤堂が涼しい顔で「ダメ」と言うと、悔しげにギリッと大きく歯嚙みする音が聞こえた気がした。

「……男の事情なんで、先に出てってください」

※※※

どうせ出番は終わったし、急いで戻らなくてもいいか、と広間の隣にある待合室のソファに腰掛ける。藤堂は西山と違ってゲスト扱いで、進行を手伝わなくてもいいのだ。

「なにをやってんだ、俺は……」

藤堂は両手を顔の前で合わせ、さきほどの出来事を反芻《はんすう》する。

西山が触れてくるのはただの好意ではなく、恋愛感情で――ありていにいえば性的なスキンシップだ。家族や友達同士のそれとは明らかに違う。冷静さを取り戻すと、気持ちを弄《もてあそ》ぶような態度をとってしまったことに、自責の念にかられた。

あんなふうに期待を持たせて西山の心を試さなくても、セクハラ疑惑防止にはきちんと協力してくれる男だ。思い返せば最初に、西山は勝手に藤堂に好意を持っていると宣言している。

「………」

それにしても。欲情した西山に嫌悪感が湧かないどころか、藤堂の言葉ひとつ、キスひとっに、いちいち振り回されてくれる姿を可愛いと思ってしまった。

「可愛い」と「愛しい」という感情はとても近い。古語の「いとし」はかわいい、いとおしい、という意味だ。

ソファに座ってぼんやりしていたら、初老の来賓客に話しかけられた。煙草を吸いに出てきたらしい。会場内に戻りそびれたまま、閉会まで世間話をして過ごした。

閉会のアナウンスと同時に、藤堂は首から下げていた名札を外した。誰かに引き止められる前に、さっさと会場をあとにするつもりだった。

ざっと会場内の様子を覗く。西山は記念撮影を頼まれたのか、デジカメで女性グループの写真を撮っている。

声をかけずに無視して帰ろうかと一瞬考えたが、それもバツが悪い気がして、藤堂は十分ほどロビーの目立たない場所でうろうろした。

ほどなく西山が息を切らして出てきた。

「すみません！　藤堂先生」

焦《あせ》った顔に藤堂を見つけて安堵が広がる。それを見て、待ってたわけじゃないと憎まれ口をきくのをやめた。

帰りの電車の車内は、土曜の午後三時ということもあって比較的すいていた。

すらりと背の高い西山がそばに立ち、さりげなく藤堂の周囲に気を配る。それだけで、安心して気を抜けた。

ふっと肩の強張りを解いた藤堂に、西山が目を細めて薄く笑った。なにも言わず、ただときどき藤堂の顔を見ては微笑む。

見られている藤堂は、表情を変えないでいるのに苦労した。

立っていた近くの座席が空いたので、二人並んで座った。

「そういえば、駐車場を借りるって言ってたの、もう申し込んだんですか」

「ああ。大学の職員用駐車場は空いてるらしいが、マンションの駐車場が空き待ちで、まだ車を買ってない」

「購入したら、乗せてください」

「……そうだな」

協力してくれている西山に対して、あまりフォローできていない。その上、トイレであんなことがあったあとだ。会場でぱっと別れるのは味気ない気がしていた。

帰る方向が一緒だから、というもう少し一緒にいる理由があって助かった。

まっすぐ帰るという藤堂の宣言どおり、どこにも寄らずに自宅の最寄り駅に着いた。

夕食の材料を買いにスーパーにでも寄ろうかと考えながら、ぼんやり階段を下りていた藤堂は唐突に立ち止まった。後ろにいた西山もつられて止まる。

「藤堂先生?」

駅前には駐輪場から溢《あふ》れた自転車が、歩道に乱雑に放置されている。端から三番目の所謂《いわゆる》ママチャリの前カゴに、小さな水色の鳥がとまっていた。

「あれ……」

藤堂の視線の先を見た西山がああ、と困った顔になる。

「どこかから、逃げてきたんですかね」

街中でよく見かけるスズメやハトならいちいち気に留めないが、小さな頭部は白っぽいクリーム色、身体は水色をしたカラフルな小鳥……。

「セキセイインコだよな」

「おそらく、そうじゃないかと思いますが……」

幼い頃、友達が家の中で鳥用のカゴにいれて飼っていた記憶がある。そろそろと近寄ってみると、緊張しているのか、全身が少し震えているようだった。

「外で生きていけるのか?」

「……野生化する可能性もゼロではないでしょうが、このあたりはカラスや野良猫もいますし、ペットとして飼われていたなら、無理じゃないかと思いますね」

横にやって来た西山が冷静に言った。

通りがかりの人々がインコに気づいて一瞬足を止めるが、手や口を出すことなく、遠巻きに眺めて去っていく。

「無理っていっても、このままじゃ……」

突然、インコが自転車のカゴから羽ばたいた。必死の様子で飛び上がり、よろけるようにしてなぜか藤堂の右肩に止まった。肩の上でインコが小さな身体で必死にバランスをとって、可愛らしく首を傾げる。

……弱った。

「じっとしててください。捕まえますよ」

困惑する藤堂の肩に止まったインコを、西山が伸ばした両手で挟みこむようにして包んだ。いきなり捕まれたインコが大きな手の中で激しく暴れる。そしてどうやら逃げられないとわかった途端《とたん》に、ピィピィとうるさく鳴き出した。

「どうしますか」

どうするも、なにも。こんな生き物を捕まえてしまって……どうしたらいいかなんて、即座にいい案など浮かばない。だけど…。

「俺は、生き物は飼いたくないんだ」

藤堂が唇を噛んで俯いた。

責任は取れないけれど、自分の肩にとまったこの小鳥の行く末が気にかかって心が揺れた。ここで西山が手を放したらもう二度と捕まえられない、という気がする。

西山が丁寧に胸元で抱きかかえているインコに、藤堂はおそるおそる顔を近寄せた。つぶらな瞳と、しばし見つめ合う。

一生懸命になにか訴えかけられても、ピィがなにを言っているのか、藤堂にはさっぱり理解できない。置いて帰ることもできずに、二人とも立ったままだった。

「わかりました。こいつは俺が連れていきます」

少しして耳に届いた西山のセリフに、藤堂は心底ほっとした。

※※※

十八年前、藤堂の両親は中学二年生だった息子を残して、交通事故で他界した。

祖父母が高齢だったことから、叔父夫婦が一人残された藤堂の後見人となり、生活の面

倒を見てくれることになった。叔父の家には九つ年下の従妹、彩加《あやか》がいたが、家族として温かく迎えてくれた。

藤堂の両親が死んだ年に、彩加が柴《しば》に似た雑種の仔犬が捨てられているのを見つけ、飼いたいと訴えて泣いた。けれどまだ小さな彩加が世話をすることはとても無理で、藤堂が散歩にいく約束で飼うことを許可してもらった。

彩加は大層喜んで、犬はケンタと名づけられた。

まだ幼い彩加は本当の妹のように可愛く思えたし、毎日のケンタの散歩と彩加の子守のために、藤堂は部活もやらずにいたほどだった。

「始ちゃんがいてくれて助かったわ〜。彩加とケンタがすっかり懐いちゃって、始ちゃんがいないと困るわね」

藤堂の母親とは義理の関係でも、実の姉妹のように仲がよかったという叔母は、家のことを手伝うたびに褒めてくれた。よくにこにこと笑う人だった。

優しい叔父夫婦に本当の息子のように可愛がってもらっていた——とあるときまで信じていた。

高校二年の夏のある日。叔父夫婦にできれば大学院まで進みたいと進学先の相談をした。

しかし、その際に「そんなに学費がかかるのは困る。どうしても勉強を続けたいなら奨学金を受けて、大学は国公立にしてバイトしろ」と言われた。

それで不思議に思ったことから、藤堂の両親の遺産の使い込みが発覚した。

藤堂の未成年後見人となっていた叔父の事業が傾き、管理していた甥の数千万の財産をその補填《ほてん》に当てていたのだ。もちろん、藤堂の生活にかかる養育費は、充分な金額をきちんと支払っていた。

文学研究をしたくて進学することは、あまり我侭を言うことのない藤堂の幼い頃からの強い望みだった。そして両親が一人息子の希望をかなえようと、準備してくれていたことを知っていた。

そのため社会福祉士と弁護士を通じて、叔父夫婦と話し合いをすることになった。

その結果、今後の後見人を解任、まだ幼い従妹の将来を考えて横領罪での刑事告訴をしない代わりに、借用書を作成して分割返済での取り決めをした。

遺産の使い込み発覚後、叔父夫婦の態度は手のひらを返したようになった。それまでの笑顔やスキンシップ、いい息子ができて嬉しいという褒め言葉、愛情をかけられていたと信じていたのが嘘のように、日々つらく当たられるようになった。

叔父からは顔を合わせるたびに、優しさがないと責めたてられ、血が繋がっているとはとても思えないほどの罵声《ばせい》を浴びた。叔母には毎日嫌味を言われて過ごした。

約一年半のあいだそれに耐えて、藤堂は大学入学と同時に叔父の家を出た。

高校を卒業するまで、どこか寮に入ることも考えたが、もし彼らが生活に困った場合にあっさりケンタを捨ててしまうんじゃないかと心配になって、どうしても動けなかった。

ケンタの面倒を彩加にまかせて大学に入ったあとも、ときどき隠れてこっそり様子を見に行った。

あのインコを見たせいだろうか。過去のことを思い出してしまった。

……久しぶりに、ケンタが夢に出てきた。

目覚めて、藤堂はベッドの上で何度か瞬きをした。室内を見回して、ここが自分の部屋だと知ると、息をついて顔を横向ける。

ライトに照らされた時計は午前三時。中途半端な時間だ。

総会の会場であるホテルを出て、駅前で西山と別れた。そして部屋に戻って食事も摂らずにシャワーだけ浴び、ベッドに横になって眠った。

なんとなく、夢の中で、頭を撫でてやったケンタのやわらかな毛触りが、まだ手のひらに残っている気がする。きな粉みたいな薄茶色の短毛。鼻先だけ黒い、ケンタ。

よく吠える頭の悪い犬で、撫でようとするといつも、伸ばした手の中に濡れた鼻先を突っ込んできた。学校から帰宅すると嬉しがって、勢いよくジャンプして藤堂の顔にキスするのが得意で……。

叔父の家を出た当時、本来の飼い主である彩加はまだ小学校低学年で、充分な世話ができないのではと心配で仕方なかった。なんとか犬のケンタを引き取れないかと考えたけれど、叔父夫婦に拒否されてかなわなかった。思えば藤堂への嫌がらせだったんだろう。どうしているかに気になって、隠れて会いにいくのが精一杯だった。

いまでもときどき、そばにいるような気配を感じることがあるが、ケンタはもういない。

従妹の彩加とも、この数年会っていなかった。

最後に話したのは、ケンタが死んだときだった。高校生の彩加が電話口でわあわあ泣きながら、両親は自治体に遺体の処分を頼むつもりだけれど、骨が返ってこないからそれはいやだと藤堂に訴えた。

藤堂の成人後、叔父夫婦との連絡は弁護士を通すことになっていたが、彩加にだけは携帯電話の番号を教えていた。

彼女に近くのペットの葬儀社に電話するように伝えて、その費用は弁護士経由で藤堂が代わりに支払った。その夜、藤堂は一人で泣いた。

自分の犬ではなかったが、最後まで面倒を見られなかった苦い後悔が残った。だからもう、生き物は飼わないとそのとき心に決めた。

結局、彼らはまだ一度として、藤堂に使い込んだ金の返済をしていない。両親がいっぺんにいなくなり、実子の彩加とは扱いが違うこともあったけれど、引き取ってくれたことは感謝していた。少なくとも表面上、幸せな数年間を過ごすことができた。

だから突然、彼らの態度が変わってしまったことは、親代わりだと心から信頼していただけにショックが大きかった。

おかげで藤堂の人間不信はかなり根が深い。

腹が減ったと思ってキッチンに立つと、ソファの上に放っていた携帯電話が点滅しているのに気づいた。拾い上げてメールを確認する。

夜の十時ごろ、一件受信している。その一時間後に、もう一件。

どちらも西山からだった。

メールを送ってもいいかと聞かれて、携帯のメールには面倒だからあまり返事しない、と率直に告げたところ、西山はそれでもいいと言ってときどきメールを送ってきていた。

普段、大学では昼休み前に、学食横の売店で販売されているボリュームがあって美味いと有名な『手作り味噌カツバーガー、まだ残ってますよ』なんてメールがくる。だが夜遅くに送ってくるのは珍しい。

送られたメールを読む。

生ける代に　恋といふものを　相見ねば　恋のうちにも　我ぞ苦しき

……たしか、万葉集だ。

これまで生きてきて恋というものをしたことがなかった、だから恋の中でも、いま私がしている恋はとてもとてもつらいものなのではないか、という意味の恋歌だ。

万葉集からこの歌を選んで、携帯メールで送ってくるその西山の感性に驚かされると同時に、なんとも言えない奇妙な感覚にとらわれる。

寝起きの藤堂の口元が複雑な笑みの形になる。

「……ふ…」

一時間後に送られたメールを見てみると、

体調が回復したら、覚悟しておいてくださいと、こっちは打って変わって挑戦的な文面だった。

「ははは……」

……明らかに顔の筋肉が緩むのがわかる。携帯メールを読んで、こんなふうに楽しいと思ったのは初めてだ。

昼間の出来事……。半日経ったいまも、若い西山の腕や背中の張りのある固い筋肉、首筋や肩に伝わった熱の気配をはっきりと覚えている。

せっぱ詰まった表情。耳元に寄せられた、欲情した男の声――。

人と深く付き合うのが怖くなって、もう何年も恋愛に興味なく暮らしてきた。それなのに西山と一緒にいると、自分の中でなにかが狂わされる。心の中の張り詰めている部分が思いがけない方向へ、ぐにゃりと曲がって慌てるのだ。

もしあのとき、あのタイミングで携帯電話が鳴らず、西山がもっと激しく求めていたら流されたかもしれない。

その思考に、藤堂はうっすらと顔を赤くして、何度も携帯メールを確認した。

※※※

大学内の西校舎と新館を結ぶ渡り廊下の向こうに、西山の姿を見かけた。

「西山ぁ」

藤堂が声をかけると、満面の笑みで走ってやってくる。

「藤堂先生に大声で呼ばれるのは、なんかいいですね」

「バカか。あのインコ、どうなった？」

「ああ、あのあと警察に届けましたよ」

「……警察？」

藤堂が眉を顰《ひそ》めると、西山がもう少し詳しく説明してくれた。

「飼い主が探しているかもしれないと思って、連絡してみたんです。そしたら生き物でも所有者不明の落し物になるので、遺失物として扱われるそうで。むこうで保管すると言われて、担当課に預けました」

「……そうなのか」

考えつきもしなかった。

西山があのインコを連れていってくれて、安心しただけに落胆したが、その気持ちを西山に悟られないように顔には出さないように努める。藤堂の手に余るものを、西山に押しつけてしまったという思いもあった。西山がどうしようと、不満に思うのは自分勝手だ。インコを取得物として届けたという西山の行動は間違っていない。ただなんだか小さな生き物の処遇を想像して胸が痛む。保護者のいないペットの立場は弱い。

無事に飼い主のもとに戻るか、誰かに可愛がってもらえるといいのにと心から思った。

「次は原典入門の授業でしょう。教室遠いんじゃないですか、時間大丈夫です?」

西山の指摘に慌てて腕時計に目を落とす。古くなった学舎の大掛かりな補強工事のため、事務棟から一番遠い他学部の研究棟へ教室変更になっていた。

藤堂はまずい、とつぶやいて担当の教室へと急いだ。

九十分授業の前半を終えて、学生に質問があるかと問いかける。女子学生が手を上げた。

「藤堂先生、次からずっとこの教室なんですかー?」

「夏休みが終わったら元の教室に戻ると思うけど、どうして」

「だって端っこだし、食堂遠いじゃないですか。ここからだとお昼に出遅れちゃう」

食堂のお得なランチ定食、売店で人気のパンなどは早くに売切れてしまう。

「……じゃあ、一分早く終わるよ」

それでも不満らしく、質問した学生はふくれてみせる。藤堂もかつては学生だった。その気持ちはわからないではないが、負けられない。講師の立場からすると、学生をあまり早くに教室から出させては問題があるのだ。

講義中、学生同士が回しているメモの量がやけに多い気がした。最前列は学生たちから敬遠されて、もともとあまり埋まらないが、教室に空席が目立つのは例の噂が回っているせいなんじゃないかと気にかかった。あるいは、藤堂がやたらと視線を感じるのが被害妄想なのか。

どちらにしても、投書が捏造《ねつぞう》されたのは間違いない事実だ。

藤堂は壇上の名簿を見るふりで、重いため息を飲みこんだ。

「織田《おだ》くん、テキストの三十四ページ、右側の文章はどういう意味だと思う？」

顔を上げて、藤堂はクラスに数人いる男子学生の一人を指名した。

女子学生は名簿から指名してもたまに欠席していることがあるが、希少な男子の顔はすぐに覚えてしまっていた。

授業の終わりに、七月末に行われる前期試験の日程と形式について説明して、日本文学科主催の特別講義の案内をする。

七月の土曜に特別セミナーがあり、外部から招待した特別講師と片野が受け持つことになっていた。今回のテーマは〈日本の伝統と文化〉で、高校卒業程度の学力がある人間であれば、在校生以外の聴講も可能になっている。

白黒で印刷されたそのチラシを見るだけで不快になった。チラシを配る藤堂の額に深い縦皺が刻まれる。

研究室に戻ると、なぜか講師の片野がいた。

「お疲れさん」

この部屋の主のように優雅に椅子に腰掛けて、美味しそうにコーヒーを啜《すす》っている。

講義中で不在のときは防犯上、扉に鍵をかけているはずだ。

「……どうした、鍵開いてたか？」

「いいや。西山がここの予備の鍵を持ってると踏んで話しかけたら、ビンゴだったな。私物を取りたいって言って借りたんだ。まずかったか？」

すげーいやそうな顔してたけど、とおもしろそうに笑いながら言う。

「いいけど…」

研究室といったって、学生たちに解放することもある教室のひとつだ。本来、教務課に置いているはずの予備の鍵を、このところ出入りの多い西山が持っていることが多い。

「西山、なんか楽しそうでいいよな。新入生にキャンパス・インタビューとかしてたぞ」

「ああ、メールマガジンに載せるんじゃないか。日文通信に使うのかもしれないが」

講義や学生への連絡事項のフォローだけでなく、学科主催の企画の手伝い、たしか学生や教職員たちのインタビューを載せて毎月発行される学内向けのミニコミ冊子も、西山が担当している。

「そういえば西山がやるようになって、おもしろくなったって評判らしい。なんかあいつの書く記事は、目の付け所が変わってて、ついつい読んじまうんだよな。才能か、感性が学生に近いのかも」

「そう。前の担当者も女性の視点でよかったと思うけど、なんか西山の書くものって勢いみたいなのがあるように感じる。しかも文系のくせに、あいつは案外フットワークが軽い」

片野がにやにや笑って藤堂を見ている。

「なんだよ」

「珍しく西山のことは褒めるんだなって思って」

「別に、これまでもけなしたことなんかないぞ？」

「……そうじゃなくて、研究以外に無関心な藤堂先生が誰かに興味を持つっていうのが、珍しいじゃないか」

言われてみれば、他人に関心を持つことが少なかった。

「ふん。……本日はどうしてここにいらっしゃるんですか、片野先生」

わざと丁寧に聞いてやった。今日は片野の講義がない日だ。

「七月にやる特別講義の打ち合わせと、資料作り」

「ああ……あれか」

「学科ごとに持ち回りのセミナー。学内より一般向けなのかもしれないけど、土曜の大学って、どんな感じなんだ？」

学生向けの講義は午前中だけあるが、平日に比べると、土曜の受講生はかなり少ない。

藤堂は土曜開講の社会人講座を受け持っていた。

「んー…すいてる。そのぶん静かで俺は好きだけどな。あと食堂が休み。喫茶店はやってるけど、昼は外へ出るか、なにか食べ物を持ってきたほうがいい」

「弁当とか出ないのか？」

甘いことを考える片野に藤堂が笑った。

「ケチなんだから出ねぇよ」

しかし言ったあと、あれ、と首を捻る。

「……俺は出してもらってないが、特別講義だったら出るのか？」

「一部と二部に別れてて、もう一人講師をよそから呼んでるみたいだからさ。あっちを接待するんなら、俺もついでにあやかれるんじゃないかって思ったんだが、一応あとで確認するか……。ところで、この別所伸治《べっしょしんじ》って講師は、藤堂先生と同じ大学出身なんだな。知ってる？」

片野がチラシのプロフィール欄を指でトンと示した。

藤堂は招待講師の選定には関わっていなくて、意見を挟む余地はなかった。決定してから知ったのだ。

名前を聞いただけで胃がむかむかしてきて、藤堂は皮肉っぽく顔を歪める。

「――知ってる。でも俺の紹介じゃない」

二度と会いたくない男だった。

同じ業界にいても、別所がいそうな場所に顔を出さないよう気をつけて避けていたのに、まさか向こうからやって来られるとは思わなかった。

※※※

セミナー開催当日、藤堂は朝から気分がすぐれなかった。

通常の社会人向けの講義の準備をしていたら、西山から今夜なにを食べたいかと尋ねるメールが届いた。

マメだな、と苦笑する。

何度か食事に誘われていたが、続けて断ったところ西山に捕まえられて迫られた。

「いやならハッキリ言ってください。俺はもうあなたに恋焦がれて死にそうなんです」

一緒に食事に、というのは西山が当初から望んでいたことで、別にそれはかまわないと思っていた。ただ論文の締め切りや、展覧会のパンフレットにコメントを求められたりと細かな仕事が重なって、おまけに試験準備で忙しく、なかなかタイミングが合わずにいたのだ。ようやく休みの前日ならいいとオーケーした。

しかし藤堂は朝から頭痛がしていて、食欲もあまりなかった。

――あの男。

別所伸治、藤堂の大学のゼミの元先輩だ。因縁《いんねん》のある相手で、別所と顔を合わせたくないばかりに、先週まで真剣に用事を作って休講にしようかと悩んでいた。

けれど、藤堂が担当している社会人講座は月に二回しか開講されない。忙しい仕事や家事の合間を縫って、わざわざ授業を受けにくる学生のことを考えると、個人的な事情で休

がる。

この日にした。だが時間が経つにつれて、やっぱりやめておけばよかったと後悔が湧き上

それでさらに西山と約束していれば、いやでも大学に足を向けざるをえないと思って、

むのは躊躇《ためら》われた。

「……いまさら、どんな顔して……」

忌々しくつぶやき、引き出しの中から胃薬を取り出してウーロン茶で喉の奥に流しこむ。

午前中、なんとか別所のことを頭から追い出して、講義を終えた。

昼休みは研究室に戻るのをやめ、大学前のコンビニで昼食代わりのゼリー飲料を購入した。キャンパス内を少し歩き、テニスコートの奥に、ちょっと鬱蒼《うっそう》とした木立に囲まれた古いベンチを見つける。藤堂はその上に足を伸ばして横になった。

ここまでは学生たちもあまり来ないだろう。静かだ。

濃い緑の匂いが立ちこめる中、ちょうどベンチに短い木の影が落ちている。

風があり比較的涼しく、午前中より日差しが和《やわ》らいでいた。ずっと緊張が緩まず、人前に出ることにストレスを感じていたらしく、周囲に人の気配がないことにほっとする。

片腕を頭の下敷きにしてベンチに仰向けになり、ぼんやりと空の雲の動きを目で追う。

しばらくそうしていたら、西山から携帯に電話がかかってきた。

「藤堂先生？」

「ああ」

「研究室にいませんよね。どこにいるんですか」

「……外。午後の講義までに戻るよ」

午後の授業開始まで、あと十五分ほどだ。研究室にはいたくなかった。

大学案内にも経歴とともに顔写真が載っているし、藤堂が三春丘学園大学で教鞭《きょうべん》を執《と》っているのと別所は知っているはずだ。この機会に、別所が挨拶に訪れないとは限らない。いかにも、そういうことを平気でしそうな図太い人間だ。

「外って、どこに？　暑くないですか」

「うん。曇ってきた……」

西山の優しい声は耳に心地よかったが、邪魔をされずに一人でいたくて、居場所をごまかした。

藤堂はそっと目を瞑った。携帯電話をさっきまでと反対側の耳にあてる。それから用事はなんだよ、と少しかすれた声で聞いた。

そしたら西山が遠慮がちに口を開く。

「あの、俺が送ったメール見てます？」

今朝送られたメールの返事をまだしていなかった。

「……前と同じ店でいい」

「藤堂先生、どこか様子が変じゃないですか？」

「そんなことはないよ」

さりげなく答えておいてから、見抜かれているのかと少しはっとした。研究室に頻繁《ひんぱん》に出入りするようになって、西山は藤堂の表情を読むのがとてもうまくなってしまった。

電話の声のみでも、感情の変化を読まれてしまうのはとてもまずい。それだけ自分の精神状態が崩れてるってことだ。

……そんな自分の姿を人に見られたくない。気が重くなった。

「そうですか？」

「……眠いんだ」

「あとでまた電話して起こしましょうか。それとも迎えに行きます？」

もう昼休み終了まで残り十分くらいですけど、と西山が少し心配そうな、やわらかな声で口にする。

今日はまだ顔を見ていなかった。西山は特別講義の手伝いをするらしいから、藤堂がわざと会わないように避けていた。

「いらない」

きっぱり断る。電話口の向こうで、ため息が落ちるのが聞こえた。

きっと可愛げがないとでも思ってるんだろう。自分でもそう思う。


両親の遺産をなるべく残しておきたいと思って、奨学金を受けて入学した藤堂の大学生活はバイトと勉強に明け暮れた。

そのせいで、時間的に限られた中でしか人と付き合う余裕がなかったけれど、叔父夫婦に両親の遺産を搾取《さくしゅ》されていたと知って、人間不信に陥っていた藤堂にはちょうどよかった。調べてみると、両親の遺産のうち、死亡で支払われた保険金と銀行の預金口座から、数年に渡ってそのおよそ半分が引き出されていた。

成人して、藤堂が自分で財産管理をするようになり、なんとか気持ちを立て直そうとしていた頃に出会ったのが別所だった。

先輩だったが同じ講義を履修していて、初対面から気さくに話しかけられた。明るい文学オタクで、親しみやすさが全身から滲《にじ》み出ているような人間。

別所は先輩後輩関係なく、友人や知り合いが多くて、内に引きこもっているような藤堂には眩《まぶ》しく映った。

気軽に食事や遊び、ときには試験勉強に誘ってもらえて、最初のうちは嬉しかったのを覚えている。知り合って一年が経つ頃には、かなり気を許すようになっていた。

豪快な酒飲みで、飲みすぎて夜中に部屋にやってきてうるさく騒いだ。それが唯一、神経質な藤堂にはいい迷惑だったけれど、勉強の相談をしたりして、家族を失くしていた藤堂は彼を兄のように、親友のように、慕っていた。

ところが大学三年次にゼミに入ってから、研究課題の途中報告をすると、卒論指導教官にすでに発表されているものとテーマと内容の重複が見られると言われ、調べてみてその理由が判明した。

別所が論文のデータから、藤堂が苦労して調べて作成していた資料まですべて、彼自身のものとして流用して提出していた。やたらと藤堂のやりたい研究や考えを聞きだし、やけに熱心に細かくあれこれ知りたがるなと思ってはいた。だけどまさか——。

個人的に雑談として話したことまでも、彼の考察として先駆けて発表してしまうとは思わなかったのだ。たしかに別所にアドバイスをもらったことはあった。

けれど、もともとその研究を始めたのは藤堂だった。そのことを教授に訴えたが、信じてはもらえなかった。卒論での共同研究は許可されていない。藤堂の主張は通らなかった。先輩の論文を参考にするにしてもやりすぎだ、もっと違うものを出しなさいと叱責された。別所を問い詰めたところで、「考えたのは俺で、手伝わせてやっただけだ」とまったく逆のことを堂々と言われ、埒《らち》が明かなかった。

藤堂はどうしようもない悔しさと、悲しさと、怒りを嚙み締めた。

寮を訪ねてきた別所をそのまま部屋に泊めたことは何度もあったし、それほど警戒もしていなかったから、藤堂のパソコンからデータを盗むことも可能だっただろう。まさかそんなことをされると思わなかったのだ。

藤堂は自分の甘さに嫌気が差して、これ以上向き合って責めても無駄だと思った。

それくらいのこと、と受け流したのではなかった。

信じていた相手に騙されて裏切られたのだ。あまりにもショックが大きすぎて、怒鳴って泣いて叫んだりすることもできなかった。つらくなかったんじゃない。

叔父夫婦とのやりとりで精神的に疲弊《ひへい》していた上に、この追い討ちで、納得できるまでやりあうだけの気力はもう残っていなかった。その後、藤堂は別のテーマを探して研究発表をして大学を卒業し、別所と縁を切りたいと思ってよその大学院へ進学した。

それ以来、さらに人と距離をおいて付き合うようになった。どれだけ気が合って親切にしてもらっても、他人が心の奥でどう思っているかなんてわからないのだ。信じて頼ったりしなければ、裏切られることはない。油断したり、隙を見せたりしなければ、信頼していた相手を失うこともなかったと考えたほうが楽になれる。

「……では、本日はここまでです。来週までに、さっき配ったプリントを読んでおいてください」

熱心な社会人学生の質疑応答を受けていたら、気づくと講義時間をオーバーしていた。純粋に勉強をやり直したいと思って、なんらかの事情で働きながら通ってくる学生の多い社会人講座は、学生の能力にややばらつきがあるが、のんびりムードの中でも私語が少なくて教えやすい。

「藤堂先生、今日もおもしろかったです。ありがとうございましたぁ！」

それに頷き返して教室を出た。足取り重く研究室に戻ろうとすると、扉の前にすらっとした人影が見えた。

「片野先生？」

「ああ、戻ってきたか。遅いから、もしかしてもう帰っちまったんじゃないかと心配したよ。講義中だったら邪魔できねーし。藤堂先生、あのさー」

早口の片野に、ふといやな予感が胸をよぎった。

「学生の質問に答えてただけだよ。そっちこそ、この時間までやってたのか？」

特別講義は一部、昼を挟んで二部。開始前には軽いディスカッションがあったはずだ。

それでも一時間ほど前には終わっている予定になっていた。

「一回目は無事に終わったよ。談話室で別所さんを囲んでみんなで話しててさ、このあと食事に行こうかってことになったんだ。別所さんから大学時代の藤堂先生の話を聞いたよ、仲よかったらしいじゃないか。それで誘おうってことになって、待ってたんだ」

そんなに仲良くなかった、と否定しようとしたとき。

廊下を歩いて近づいてくる二人分の足音が聞こえた。

「男子トイレまで遠いから、西山に別所さんを案内しに行ってもらったんだ。元女子大っていっても共学にしたんだから、男子トイレもう少し増やせばいいのに、なぁ？」

藤堂は身体が硬直して、振り返れなかった。朝からずっと避けていたのに。

「おー、お疲れさん。始、久しぶりだな。終わるのずっと待っててやってたんだぞ。准教授になったなんてエライ出世じゃねぇか。羨ましいわ」

笑い声混じりに背後から声をかけられた。

毛を逆撫でられた猫みたいにカッとなりかけたところを、自制心で深呼吸して無理やりに心を落ち着ける。

研究室に逃げ込んで鍵を閉めてしまうわけにもいかず、藤堂は片野と西山に挟まれる形で、ゆっくり声のしたほうへ身体を向ける。

そして、会いたくなかった別所と十年ぶりの再会を果たした。

「よう、あれ、眼鏡かけたのか？　似合うじゃないか」

ずっと会っていなかったとは到底思えない、馴《な》れ馴《な》れしい口調。

藤堂は引きつった微笑を浮かべた。

「……お久しぶりです」

※※※

大学近くのチェーン店ではない居酒屋で、藤堂と西山、片野、別所の四人でテーブルを囲むことになった。少しでも接触を減らしたくて、もっと大人数を期待していた藤堂はがっかりした。

研究室の前で四人揃ったとき、藤堂と先約のあった西山の表情を窺うと、どうぞお好きに、というような顔で見返された。

「あ……」

藤堂が動揺していることは、西山に伝わらなかったらしい。

「大学の近くなら、みなさん余計な移動をしなくていいんじゃないですか」

と、かえって気を回すような提案をされた。

「ああ、学生があまりこないところがいいな。このあたりにも、わりといい店あるぜ」

片野が乗り気で指を軽く鳴らした。

「せっかくの機会だし、なあ、始」

顎をあげた別所に親しげに笑いかけられて、さらに怒りを煽られる。同じ場の空気を吸っているというだけで、不快感が湧いた。

しかし個人的な感情で、関係ない片野たちと別所の関係に水をさすのも憚《はばか》られる。藤堂はしぶしぶ頷いた。

人として信用がおけるかはさておき、別所はケチでもないし、老若男女関係なく好かれるタイプの男だ。

調子のいいことを言って、片野や西山、大学関係者たちと話が盛り上がったという光景が目に浮かぶようだ。大げさに「すごい」「さすが」「おかげで助かる」と相手を持ち上げつつ、だんだん自分の話に持っていってアピールするのが上手く、初対面の人間とも、すぐに打ち解けた雰囲気に持ち込むのだ。

人が集まったときにはそれぞれの性格をよく見ていて、さらっと気を遣ったりもする。そしてあまり文句を言わない相手も、見抜いている。当時、藤堂はそれだけ甘く見られていたのだといまならわかる。

「つーか、マジ？　って感じだわ。専任講師でもすげぇと思うのに、始が准教授ねぇ……まだ三十二だろー………。あ、すいません、こっち、生中ひとつ追加で」

飲み物が運ばれてすぐに、別所がジョッキを飲み干した。通りがかりの店員に生ビールのお代わりを頼む。

再会してからずっと、別所は藤堂を持ち上げてしつこいくらいに褒めまくっている。嫌味に聞こえない口調だが、本心ではどう思っているか知れない。後輩の藤堂が出世しているのだ。おもしろくはないだろう、と思う。

居心地の悪さに幾度も木製の椅子に座り直して、藤堂は内心で変な気を回した片野を罵《ののし》った。

……やっぱり、断ればよかった。勝手に待っていたとはいえ、一時間も待たせた相手を放って帰るのは悪いと思ったのが間違いだった。

裏では計算していても、別所は体面を気にする。他人が一緒にいれば、そうおかしなことは口走らないはずだ。藤堂がたった一時間か二時間我慢して、耐えればいい。

そう考えて店までついてきたが、別所がなにか口にするたびに藤堂の顔は能面のようにどんどん表情をなくしていく。彼の顔が視界に入るだけで、気分が悪い。

「……………そんなでもないですよ」

テーブルの端のあたりを見つめ、ほぼ無表情で言った。

「藤堂先生は目立ちたがりじゃないからな」

「そうだよなー、控えめで、真面目で、遊びもあんまりしないから。昔から教授受けはよくてさ。それがこいつのいいところだし。……片野さん、酒は？　グラス空いてる」

優しげな口調が余計にムカつく。つまらない奴だと暗《あん》にいわれている気がした。

この中で一番年下の西山は、聞き役に徹するつもりのようだ。席についてから積極的には口を開かずに、たまに相槌を打っている。

西山がなにか話してくれれば、もう少し会話に乗れるのにと藤堂は勝手なことを思う。それほどここにいるのが苦痛でたまらなかった。

ときに西山の視線を感じるけれど、様子を見ている感じしかしなかった。ほとんど別所の独壇場《どくだんじょう》という勢いだ。

「……特別講義はどうだった？」

仕方なく、藤堂は片野に話しかけた。

「思ったよりも人が入ってたな～」

「始も聞きにくればよかったのによ」

藤堂先生は講義中でしたよ、と西山が横から口を挟む。

「そんなん機転きかせて、学生ごと連れてくりゃよかったんじゃん。准教授だったら、そういう融通利かないのか？」

「講義の内容が違うし……。勝手なことはできません」

「大学のときもさ、始は気になったら何時間でも資料読んでたり、唐突に現地まで調べにいったりして、ほかに興味ないのかってくらいで、あんまり周りのこと見えてなかったんだよなぁ。だから俺がフォローしてやったりしてたのに、こいつときたら薄情者で、院に行ったらもう連絡なしでさ」

別所が恨みがましく言った。

「………っ！」

そんなことをいえる無神経さに絶句する。……よくも。あのとき、どれだけ裏切られた藤堂の心がズタズタになったか。

テーブルの下でぶるぶると拳が震えたが、反論をしようにもうまく声が出なかった。怒りで自分がいま、どんな表情になっているのかわからない。

白木のテーブルに、まだ注文した料理がほとんど運ばれていなかった。だが気にせずに藤堂は黙って席を立った。

「——悪いが、用事を思い出した。先に失礼させてもらう」

※※※

……やっぱり、食事になど行かなければよかった。中途半端なことをしてしまった。

驚いた顔をした三人を残して、藤堂が一人で帰った二時間後。

部屋に戻ってすぐ、玄関に靴を脱ぎ散らかし、頭を冷やそうと水シャワーを浴びた。

後悔に苛《さいな》まれてソファで横になっていると、携帯電話が鳴った。たぶん西山からだろう。

電話に出ようかどうしようか、迷う。

事前に西山に、別所との確執があることを話しておけばよかったのかもしれないが、弱さを晒すようなことをしたくなかった。それにいつまでも過去のことにこだわる、小さな人間だと思われたくもなかった。

こんなことで弱気になっている自分は、きっと、あまり魅力的ではない。

迷ったまま電話に出ないでいたら呼び出し音が途切れた。

何日も前から、西山は藤堂との食事を楽しみにしていた。それなのに、さんざん好意に甘えて助けられておきながら、黙って置いてくるなんてひどいことをしたと思う。フォローをしたほうがいいと頭ではわかっても、どう話せばいいのか考えがまとまらなかった。

静かになった携帯電話を確認すると、不在着信記録が残っていた。

やっぱり西山からだった。

怒っているだろうか、とじわじわと罪悪感が募る。

「ああ、もう……ちくしょう…っ」

藤堂はソファから起き上がり、顔を片手で覆って唸《うな》った。

混乱して、心の中がめちゃくちゃだ。そのとき、再び携帯電話が鳴った。今度はメールの着信だ。

『どこにいるんですか』という質問に、少し考えて正直に『家にいる』と返した。折り返しすぐに『会いたいんですけど、出てこれませんか』と返信がきて、三十秒ほど悩んだ。

藤堂はできればいまは会いたくなかった。西山と直接会って話すのは……怖い。自分がどうにかなりそうで、こんないやな自分を見せたくない。

それでも今夜のことを謝らなくては、と思い直して連絡を取った。

十五分ほどで駅前まで出る。西山は駅に着いて、そのままそこで待っていたらしい。藤堂の姿を見つけると、フェンスに体重をかけていた腰を浮かした。

なるべく意識して普通の態度でいようと決意したそばから、急いでいて眼鏡を忘れてきた。裸眼でもそう困らないが、少し心もとない気がする。

「待たせたか？　本屋ででも待っててもらえばよかったな」

「いえ、いいですよ。呼び出してすみません。……どうして急に帰ったんですか」

西山は俺を置いて、とは言わなかったが、その目が語っていた。謝るしかない。

「すまなかった。今度、仕切り直しをしよう。おごるよ」

「仕切り直しはしてもらいますけど、どうしてか理由を教えてください」

「………それは…たいしたことじゃないんだ」

笑ってごまかそうとしたが、西山に腕を取られた。逃げたりしないのに、間近で顔を覗きこまれる。

「藤堂先生、俺に秘密にしないでください」

……秘密？　自分は西山が思うほど謎めいた人間じゃない。

「秘密なんかない」

「じゃあどうして。そのたいしたことないってのを教えてください」

西山と食事にいく約束をしていたのだから、用事があると言ったのは嘘だとばれている。

「片野先生は関係ないですよね。別所先生がいたからですか？」

西山は淡々と問うた。

「昔、研究のことで別所さんと揉めたことがあったんだ。それだけだ。みっともない真似をして悪かった。……痛い、手を離せ」

それでも西山は強く摑んだまま、手を離さなかった。

「別所先生が……」

言いにくそうに一度言葉を切り、思い切ったように西山が続ける。

「よく一緒に出かけたりして、藤堂先生の家に何度も泊まったって言ってました」

「それは昔の話だ。十年も会ってなかった」

「再会して、また気持ちがぶり返したとかじゃないですよね」

当時はいやな思いをしたが、二度と関わらなければ忘れられると思っていた。けれど、顔を見ればやはりまだ胸の奥にわだかまりが残っていて、ショックを引き摺っていると気づかされた。

それに過去に揉めたと思っているのが、まるで藤堂だけのような別所の態度にも、腹が立ったのかもしれない。

「そうかも……しれないな」

「……っ……」

西山がひどくつらそうに顔を歪める。

一見、なんでもないようなふりで質問していた西山だった。だがよく観察すると、感情を必死に抑えるかのように、興奮で胸が大きく上下している。

「あなたは俺には関係ない、って思ってるかもしれないですが……。すげぇ、いやだ」

トーンの低い声。拘束されていた右手首から、西山の静かな怒りのオーラが直接伝わってきて、ぎょっとした。

だが、西山がなぜここまで憤《いきどお》った態度を見せるのか。

たかが食事の約束を破って、置いて帰ってきてしまっただけで……。

「西山？」

呼びかけに、西山が俯いていた顔を上げた。

西山の射《い》るような強い眼差しと、やけに深刻な雰囲気に呑まれそうになる。

藤堂はとっさに身構えた。しかし悲しそうに目を伏せられて、そこではっと、西山がなにか誤解しているのではないかということに思い当たる。もしかして。

「別所先生と、どういう関係だったんですか。…彼を、好きだった？」

はっきりと聞かれ、大きく頭を振って否定する。

「違う、逆だ。彼のことなんか好きじゃないっ。大嫌いだ！」

「本当に？」

「本当だっ、西山が考えているような関係じゃない！」

それだけは思い違いされたくなかった。冗談じゃない。

「いつも冷静なあなたが突然帰ったり、ごまかしたり、そんなふうに取り乱されると、余計になにかあったんじゃないかって思うじゃないですか……！」

苦悶《くもん》の顔つきで、西山が唸るように言う。右手首が痛くてきっと掴まれた指の痕がついているだろうと思ったが、いまはそれより――。

「なにもないに決まってるだろ！　取り乱してるのは、西山が驚くようなことを言うからだっ」

「彼より、俺のほうがいいですか？」

皮肉っぽい口調だった。

「あのな………別所さんとは、先輩後輩以上の付き合いはなにもなかったよ。たしかに部屋に泊まっていったこともあったけど、そんな対象として見たことは一度もない。それに俺が男とキスなんかしたのは、西山が初めてだ。比較対象なんかじゃない」

西山は傷ついた顔をしている。

藤堂は言い方を変えた。

「比較したことはないが、西山のほうがずっといいよ」

「じゃあ、それを証明してください」

「……証明？」

藤堂は目を瞬いて、しばし西山と見詰め合った。

※※※

なにを、どうすれば、西山を納得させるだけの証明になるのかなんてわからなかったが、いつまでも駅前で言い争っているわけにもいかずに、藤堂のマンションに移動した。

……泊めれば、いいんだろうか？

泊まりにくるような友人はいなくて、部屋に客用布団なんかは置いていないが、夏だし、なんとかなるだろう。ひとまず、冷蔵庫を開けてペットボトルのお茶を取り出そうとする。

そこに西山が背後から覆いかぶさってきた。

「……飲んできたし、なにもいりませんよ」

首筋に熱い吐息を感じて、腕をとられて顔だけ振り向く。

西山がさっき強く摑んだせいで赤くなっている場所を親指で擦り、そこに舌を這《は》わせた。

「すみません。ここ、痣《あざ》になっちゃいましたね」

殊勝《しゆしよう》な声で謝りながら、西山が藤堂の手首から肘にそって唇をつけ、舌で丁寧に舐めていく。何度か往復して優しく愛撫したあと、最後チュッと肘の内側にきつく吸いついて、白い肌に新しい痕跡を残した。

「……ぁ……」

西山の片腕が腰に回されて、軽い力でくるっと身体の向きを変えさせられる。その流れで抱きしめられ、こんな状況に慣れない藤堂は、両手をどこに置いたらいいのかと迷ってしまった。数秒考え、無難《ぶなん》に西山の背中に添える。

フッと笑った西山が長い足で、開けっ放しになっていた冷蔵庫の扉をバタンと閉めた。

「別所さんと再会して、なんかいやなこと思い出したんですね」

「……ンッ」

激しくぶつかるようなキス。唇を舐められて、何度か角度を変えて吸われると、頭がくらくらした。背中が壁に押しつけられる。密着した西山の身体から、埃っぽい匂いとかすかなアルコール臭がした。

藤堂の着ていた半袖のシャツは、あっという間に胸元までたくしあげられて、平らな胸の小さな粒に西山が唇を寄せる。薄いピンク色の粒を舌の上に載せて、飴玉を転がすように何度も吸い上げられた。

「そんなことして……楽しい…のか?」

「めちゃくちゃ楽しい」

なんの躊躇《ちゅうちょ》もなく西山が答える。

もどかしげにシャツのボタンを外して前を全開にさせると、今度はズボンの上から尻を揉みしだかれた。藤堂は思わず足に力を入れる。

前も、後ろも、西山の手のひらで形を確認するようにしっかりと擦られ、ときに撫でるように優しく動くその手に動揺してしまう。

「あ……、やめろ…っ」

「スキンシップは嫌いじゃないんじゃなかったんですか」

以前にホテルのトイレで挑発したのは、藤堂だった。

「……それは、家族とか……こんなことは、しないだろ」

両親が他界するまで、家族仲よく暮らしていた。一人息子だったため溺愛《できあい》されていたと思う。叔父夫婦のところも、子供を抱きしめたり撫でたりすることの多い家庭だった。

「普通に…触られるだけなら、まぁ……平気だ…」

少し息が乱れて、喘ぐように言った。

「――平気とか言わないでください。あなたが誰のものにもならないなら、それでいいと思ったけど、やっぱり無理だ。……他の人に簡単に触らせたりされたら、気が狂いそうになる」

独占欲を口にする西山の両手に顔を挟まれる。

藤堂は背後の壁に手をついて、やや仰《の》け反《ぞ》った。

真剣な瞳を見つめ返し、はー、はー、と息をつく。藤堂の心臓の鼓動が激しい。

ゆっくり顔を近づけられて、唇をやわらかく食《は》まれる。たったそれだけのことに、また脈拍が速くなってドキドキした。

「俺はあなたを好きになって、いままでの恋が本気じゃなかった、ってわかったんです」

何度目かの、西山の告白。

人に裏切られることに臆病になっている藤堂は、本音では、西山に心を許してしまうことが怖かった。けれど、西山の声は耳に心地よくて、もっと聞きたいと思ってしまう。

藤堂は自ら西山の顔にそっと手を伸ばした。手の甲で頬を撫で、すべすべした耳朶を指で摘《つま》んで触れてみる。西山は抵抗せず、されるがままだ。

黙って見つめ合いながら、西山のシャツのボタンを外して、感触をたしかめようと、その固い平らな胸を撫でた。少しも贅肉《ぜいにく》のついていない腹。西山の肌が少し汗ばんでいたが、気にならなかった。

「……楽しい？」

西山にしたのと同じ質問をされる。

「ん……」

藤堂は口元を緩め、僅かに頷く。

不思議だった。手のひらに直接、伝わってくる力強い心臓の鼓動。自分のものでないそれが、同じくらい早鐘を打っている。……西山の態度が余裕なのは見せかけだけで、実はずっと緊張していたのかもしれない。そう思ったら急に西山が愛しくなった。

「俺を好きに、なってください」

少し首を傾けた西山が、甘い呪文を藤堂の耳元でささやく。

その声に、藤堂は目を閉じた。

大事な人間になればなるほど、裏切られたときのショックが大きいのは容易く想像できる。だから、これ以上近づくのを躊躇してしまう。

そうわかっていながら拒めないのは、西山に離れていってほしくないからだ。

性急な西山の手にズボンをずり下げられた。大きな手が白い下着に直《じか》に触れて、中心部分の隆起をまさぐってくる。布越しに指で表面を強く擦られた。

「……っ……」

ポイントをついた西山の愛撫に、ズクン、と刺激を受けて次第にそこが熱を帯びてくるのを感じる。息が乱れ、唇を噛んで声が漏れるのを抑えようとすると、西山が藤堂の唇を親指でなぞった。

「声を出すのを我慢しないでください」

下唇をつままれた指に、藤堂の舌先が当たる。なんの味もしなかったが、藤堂は目を伏せて、子猫がミルクを嘗めるように少しだけ舌を出してその指を嘗めた。そのあいだも、西山はもう一方の手を動かすのを休めなかった。

「……はぁ……ぅ……んッ」

ついに下着越しでなく、指が直接中に侵入してきた。無意識に身体をひいても、すぐに背中が壁に当たる。西山と壁とのあいだに挟まれて羞恥に身悶《みもだ》え、必死に息を殺した。

「あ…っ、あ……ふ…」

しかし口元から漏れる藤堂の浅い喘ぎで、西山の指先がうっすらと湿り気を帯びる。

「…うっ……あッ――……もう」

西山の顔が間近にある。感じている藤堂の表情を観察しているようだった。いたたまれなくなり、腰だけ逃げて身を屈めるような体勢になった。西山の胸に額をぶつける。

「あ――ぁ……西…山っ」

シャツを引っ張って、いやらしく腰を押しつけて催促してしまう。他人に、しかも男に、こんな触られ方をしたのは初めてなのに、もう焦らされるのが苦しかった。

にやっと笑った西山がこめかみにチュッとキスして、片手で藤堂の腰を抱き、濡れた熱に絡めた手の動きをいっそう激しくした。

「駄目……だ、あっ……あっ…」

拒絶はほとんど声にならず、小さく痙攣《けいれん》すると、藤堂は西山の手の中に精を吐き出していた。膝の力ががくんと抜けて、身体をひとりで支えきれずに西山に寄りかかった。

西山の胸のあたりに頭を押しつけてはぁはぁと荒い息を整える。

西山に触れられてイッてしまった。体液で濡れたその手が目につき、藤堂はかすれた声を絞り出してつぶやく。

「……ごめ、ん」

「なんで、ここで謝るの」

くすりと笑った西山にチョンと鼻先にキスされて、恥ずかしさに顔を背ける。

「……手、汚した」

「これですか？」

あろうことか、手や指についていた藤堂の体液を西山がペロリと舌で舐めた。

「ちょっ……なにすんだ、汚ねぇだろっ」

藤堂は焦った声を出した。

「味見」

「……信じ、られない…っ」

真っ赤になっている藤堂の目元に唇を寄せられ、文句を言いかけた口を閉じる。

じっとたくましい腕の中に閉じこめられて、戸惑った。西山の着ているシャツは肌蹴ていたが、ズボンはまだそのままで、見るからに前がかなり苦しそうなことになっている。

藤堂の腰骨に西山の熱があたった。

「なあ……」

それをどうするのか、と問いかけようとした瞬間、西山の手が意図を持って後ろに触れてきた。ビクッと身体が跳ねた。

足のあいだ、濡れた手で内腿を撫でられて思わず身をすくませる。

「…あッ…」

西山が下着の中から、大きく屹立《きつりつ》した熱を取り出す。息を詰め、それに視線を落とした。

やっぱりそういうことになるのか。どうしよう。

すんなりできるとは思えないし、経験したことのない行為への恐れと躊躇いに、身体が小刻みに震えた。正直、心の準備はできていなかった。

「……別に最後までしなくても、いいですよ」

そんな藤堂の胸のうちが伝わったのか、西山が首筋から肩にかけて口付けて、震える藤堂の足を肌触りを確かめるようにゆっくり撫でながら言った。

「いいのか?」

意外に思って聞き返す。

「できなきゃ死ぬわけじゃない。まあこのままだと俺のコレもおさまりがつかないんで、できれば出したいけど。あなたに突っ込んで中で出さなきゃいけないわけじゃないですよ。

男とキスもしたことなかったんなら、いきなり突っ込まれたら怖いと思うし」

先に進むのはおいおいでいい、と西山が拍子抜けすることを言った。

……ほっとする心の裏側で、あんなに口説いたくせに、本当にいいのだろうかと思う。

藤堂は確認するように何度も瞬きをして西山の顔を見た。

「そんな顔赤くして、煽んないでくださいよ。我慢すんの大変なんで……ほら」

ね、と西山が藤堂の腰に腰を押しつけるようにして、耳元に濡れた吐息でささやいた。

「あなたが部屋に入れてくれただけで、俺がどれだけ嬉しかったか」

欲情した声に、それだけじゃないなにかが詰まっているような気がする。得体の知れない、泣き出したくなるようなせつない感情が藤堂の身体の奥で膨れあがって、じわじわ心を犯していった。

少しずつ、粉雪が降り積もるように藤堂の中で西山の存在が大きくなって、気持ちが傾いていってしまっている。まずいと思う。

……ますます離れてほしくなくなる。

自分の中の変化に驚き、ごまかすように小さく尋ねた。

「じゃあ、どうする――」

正面に立つ西山が藤堂の手をそれに誘導して、質量のあるものを握らされた。大きくて、固い。

「触って」

生まれて初めて、こんなふうに反応して、ドクドクと強く息づく自分以外の男のものに触れた感動があった。藤堂はさっきされたように、西山の顔を見ながらそれを扱《しご》いた。

ときおり、汗ばんだ西山の手に背中や尻を撫でられる。

さらに藤堂の手の中に腰を押しつけられ、興奮したらしい西山に耳朶を甘噛みされた。

「……あッ………気持ち、いいのか……？」

「ええ……」

西山の荒くなった息遣いが耳元で聞こえる。そして、首筋をまた舐められる。西山は肉食獣みたいな舐め方をする。手の中のものがさらに大きくなった。

「あー…、やっぱ……指だけいれさせて」

欲情した表情で舌なめずりをした西山に見下ろされた。

「西山…っ」

「あっちはいれないって、大丈夫…」

「大丈夫って、おまえ、あ…っ」

ぬぷ、と西山の指が一本少し開いた股のあいだから奥へと差し込まれた。

「んっ、う……っぁ……」

「痛い？」

「わからな――ッ…」

窄《すぼ》まりの浅い部分をひっかくように、グチュグチュと指を動かされる。痛みより、妙に疼《うず》く感覚のほうが強くて、藤堂は自分でもわけがわからない状態になっていた。こんなの。どこにも逃げられず、必死に息を詰めていると西山が顔を近づけてきた。

激しいキスを交わし、興奮しているのが自分なのか西山なのかわからなくなった。

「もっと…強く、擦って」

甘い声で強請《ねだ》られる。言われるままに手に力をこめた。先端部分を痛いかもというくらいに強く擦る。

西山の指がぐぐっと奥深く挿入されて、その衝撃に必死に頭を振った。

「あ……ッ」

合わさった胸の西山の体温に触発されたように、全身がカァっと熱くなる。西山の匂い。情熱的なキス。かすれた声……。もう、頭の中がいっぱいで限界だ。

「ほんとに、可愛い――…胸もピンク色だ」

直接触れるだけでない、西山の言葉の愛撫に背筋がぞくっとあわ立った。たまらなくなって抗議の視線を投げる。その直後、西山がせつなげに呻《うめ》いて手の中の灼熱が爆発した。

しばらく放心状態だった。

そのあとよろよろ立ち上がって、シャワーを浴びて身体をきれいにした。藤堂は寝るまで落ち着かずに家の中をうろうろしたが、一方で西山は藤堂の行動を邪魔せず、リラックスした様子だった。藤堂の部屋なんだから普通は逆じゃないのか。

夜中に目が覚めると、西山が布団の上で、火をつけずにぼんやり煙草を咥《くわ》えていた。

「早く、俺を好きになればいいのに」

ぽつりと、小声でつぶやくのが聞き取れた。慌てて眠ったふりをすると、西山が手を伸ばしてきて藤堂の頬にそっと触れてくる。額にチュッとキスが降ってきた。

その行為の恥ずかしさに内心で悶えたが、その夜、藤堂は必死に寝たふりを続けた。

※※※

翌日は日曜だった。

軽くブランチをしよう、と二人で駅前のベーカリーに行った。それぞれトレイを手に持って、好きなパンを選ぶ。

「……西山、近いよ」

ぶつかるくらい、立ち位置がやけに近すぎる。だが西山は身体があたっても全然気にする様子がなかった。

「そうですか？ これ、美味そうじゃないですか」

フレンチトーストにメープルシロップがかかった、甘い匂いのする子供に人気がありそうな商品だ。藤堂は惣菜《そうざい》パンが好きで、西山は菓子パンが好きなようだった。

店の奥にイートイン用のスペースがあり、小さなテラス席が空いていた。ウッドデッキに、パラソルと椅子二脚ずつのテーブルが二セット置かれている。

太陽が差すと暑いけれど、公園が見えるようになっていて見晴らしはいい。

「別所先生と過去に揉めたっていうの、詳しく聞いてもいいですか？」

チョコレートがたっぷりかかったドーナツを大口開けて頬張りながら、西山が説明を求めてくる。

自分の感情はほとんど口にせず、藤堂が起きた事実をそのまま伝えたら、

「そういう経緯のあった相手と会うのがいやなのは、あたりまえでしょう。俺はあなたに

相談されなかったことがショックです。そんなに信用されてないのかと……百歩譲って、俺じゃなくても片野先生にでも、食事には行きたくないって言えばよかったのに」

憤慨《ふんがい》した顔で西山が頭を抱えた。

「そんな時間なかっただろ。一時間も待たせたたって聞いて、断れるかよ」

西山が考えるような顔つきになる。そして銀色のテーブルにため息を落とした。

「その話、俺が片野先生にしてもいいですか？　あなたは自分から言いそうにない」

「別にかまわないが、過去のことだし、片野先生だって別所さんと仲良くなったなら、どっちの言い分を信用するかは彼の自由だ」

「藤堂先生を信用するに決まってるじゃないですか。投書の件だって、片野先生は噂よりあなたを信用したでしょう。同じことです」

言われてみれば、そうだった。「本当に心当たりないのか」とは聞かれずに、普通に大変だな、と受け流してもらえたことで、少し心の負担が軽くなった。

「……そういえば、昨夜のメシ、立替してもらっただろ。金払うよ。いくらだった？」

「自分の分も、藤堂先生の分も立て替えて出すって言ったんですが、いいって言って、片野先生が全員の分支払ってました」

機嫌が悪くて会計に口挟めなくて、と西山が肩をすくめた。

「怒ってた？」

思えば、せっかく気を遣って食事の場をセッティングしてくれたのに、片野の顔を潰してしまったのだ。申し訳ないことをした。

「怒ってるっていうのとは、少し違うかもしれないですが……。まあ、大学でちゃんと本人に確認したほうがいいですよ。さっきの話だって当事者から聞くのと、俺からのまた聞きは違いますから、揉めたんだってくらいは話したほうがいいと思います」

片野はたまに辛辣《しんらつ》な口をきくこともあるけれど、それが藤堂に向けられたことはなかった。さっぱりとした性格の片野を自分が怒らせたと思うと、気が重い。

「だけど、別所先生はそんなことをしておいて、よくのうのうと講師なんかできますね」

「頭はいい人なんだ。人当たりもいいし……性格が腹黒いだけで」

「きっと天罰が下りますよ」

気休めにでもそう言ってもらえて、フッと自分の中でなにかが緩むのがわかった。

「あの人、そんなふうに見えないだろう？　おかげで俺は疑り深くなった」

「裏切られて傷ついたから、もう簡単には人を信用できなくなった？」

言葉にされるとひどく単純なトラウマのようにも思える。けれど心の傷は何年経ってもじくじくと膿《う》んで痛み続けている。これ以上、新しい傷を作らないようにしたかった。

数年かけて築いた信頼が、なにかのきっかけで一瞬で消えてしまう。それを何度も味わうのは怖い。きっと一度目より二度目、二度目より三度目のほうがもっとずっとつらく、傷が深くなる。

「別所さんだって、簡単に信用したわけじゃなかったんだ……。なんか、俺……こういうこと言うの、子供っぽいな」

みっともない愚痴だ。なんで西山にこんな話をしてるんだろう。

できるならもっとクールに振る舞いたかった。いくら勉強ができて大学で学生に教える立場になっても、全然立派な人間じゃない。

そんな自分を知られるのはいやだったのに。

「いや、ものすごく重要な話をしてるんですよ。なにも、オールオアナッシングに考えなくてもいいんじゃないですか？　信用に辿りつくには、その人との付き合いの過程があるわけだし。昨日今日出会ったような人をいきなり信用しろとは言いませんけど、人間関係なんかは積み重ねなわけだから――それに、片野先生が藤堂先生へのいやがらせで、ハラスメント対策委員会に投書したんじゃないかって、疑ったことがありますか？」

まさか、と首を振った。

「彼はそんなくだらないことはしない」

深い付き合いではないが、だいたいの性格は知っている。

「そういうことでは？　……片野先生、本当は腹黒かもしれませんけどね」

「……はは…」

「もしまたあなたが誰かに裏切られて傷ついたら、俺が慰めます。万が一、俺があなたを傷つけるようなことがあったとしても、やっぱり俺が絶対慰めます。だから、まずは俺のことを少し信用して、好きになってください。片野先生のことは信用はほどほどに、好きにはならないでください」

二人が座っている横を気持ちのいい風が通り抜ける。外でよかった。こんな話、誰にも聞かれないですむ。

「俺はただ、あなたが好きです。あなたは頭がよくて、話すと楽しくて、笑顔が素敵でドキドキするし、いい匂いがして、そばにいるだけでくらくらします。身体もとても魅力的だし、イクときの声もめちゃくちゃ可愛くて、顔はエロくてきれいで……どうにかなりそうですよ、俺は」

自制心なくしそう、といつのまにか話が巧妙にずらされて、真昼間から口説かれる。

どこまでバカなんだ、こいつは。

そう思ったが、褒められて気をよくしている自分がいるのも事実だった。

藤堂は照れて思いっ切り顔を横向けた。

「どうして顔を逸らすんですか。藤堂先生、ちょっとこっち向いてくれませんか」

「いやだ。……顔を見られたくない」

「俺しか見てませんよ。可愛い顔を見たって誰にも言わない。心のアルバムにしまっておきます」

くだらない冗談に、笑うこともできない。

「いやだ」

今日の自分はおかしい、と思う。いや、昨日からだ。

「あなたは疑り深いっていうけど、俺は諦めが悪いんでちょうどいいです」

六つも年下の男の言葉に、こんなにも心を乱されるなんて。

※※※

翌週の水曜。

廊下で顔を合わせるなり、片野欣司は見るからに不機嫌な表情になった。整った顔立ちをしているため、突き刺すような冷ややかな視線は迫力があり、背筋が凍りそうだった。いつもずうずうしいだけでなく、あれでも愛想があったんだと妙なことに感心する。

……人のことは言えないか。

「俺になにか言うことは？」

あまりの不機嫌オーラに少々怯んだ。

「メシ、おごる。それから、えーと……先週は先に帰って悪かった」

「まぁ話を聞いてやるよ。次の講義が終わったら研究室に行くから」

片野とあとで会う約束をして別れた。

講義終了のチャイムが鳴って、藤堂は急いで研究室に戻る。片野を待たせないようにしようと思ったのだが、予想外に扉の前にいたのは藤堂ゼミの学生、今井だった。

「え……っ」

「あっ、先生！」

ロングスカートにふわっとした長い巻き毛。そばまで行かなくても、少し手前でもう香水の匂いがする。講義でよく一番前の席に座ってくれる学生だが、いつも香水の匂いがきつくて、気になっていた。

女の子にそんなことで注意をして、傷つけたらどうしようと思うと口には出せない。

「……こんにちは。ここに用事？」

気を取り直し、藤堂は作り笑いを浮かべて聞いた。

「三森ちゃんが資料を見たいっていうんで、一緒にゼミ室で待ち合わせしたんです。待っててていいですか？」

「あー…、三森さんのほしい資料ってどれかわかる？　わかるなら選んで持っていっていいけど」

ゼミ生を研究室に入れないのは不自然だ。藤堂は鍵を開けて、わざと扉を開けたままにしておいた。ここで学生と二人きりになることは避けている。

片野に早く来い、と祈った。

「三森ちゃんの資料はわかんない。……私はこないだの総会のとき、先生が話してた三笠教授の本、ちょっと見てみたいんですけど、いいですか」

「ああ、あれか」

初めて三笠教授の研究室にお邪魔したとき、大きな書棚に並べられたたくさんの古い書物に、かなりの知的興奮を呼び覚まされた。それを思い出して、彼女に何冊か薦めた。

「先生、読書感想文の自由課題って、誰の作品でもいいんですか？」

「自由だから古典や近代文学じゃなくても、SF、ミステリー、ファンタジー、どのカテゴリーでもかまわない」

文学部において、卒業までに取得しなければならない必須単位に読書感想文がある。毎年課題図書が決められて、それとは別に好きな作品の中からも、自由に選んで書くことになっている。わざわざそのために新しい本を選んで読むというよりは、過去に読んだことのある作品を自由課題にする学生が多く、傾向として、ここ数年のベストセラー作品に偏ったりする。

「チトセ伊織《いおり》の本でもいいですか？」

「うん、日本の作家なら誰でもいいよ。なにを書いてる人？　フィクション？」

藤堂の知らない作家だった。

「フィクションです。なんか異世界っぽいシリーズものとかやってるんですけど、それが去年完結して、最初から読み返したら、おもしろくっていっき読みしちゃったりとかして……でも、続きが読めなくなってさみしい。早く次の本を出してくれないかな～」

藤堂はふわりと微笑んだ。

学生と教える側で立場は違っているにしても、本が好きという点でかなり共感を覚える。

それから十分経っても、片野も三森もやって来なかった。

雑談を交わしながらイライラし始めたとき、内線電話が鳴った。

それを受けて、話を聞いてから電話を置く。藤堂は少し考え込んだ。

「……」

「先生、こんにちはー。あれ、早いね」

すでに中でくつろいで資料を手にしている今井を見て、三森が驚いた顔をした。

「……約束の時間、三十分間違えたのあたしかなぁ？　早く来すぎちゃった」

今井が小さく首を傾げる。

やっと三森が来たと思ったら、そのすぐあとに片野がアイスコーヒーを手に持って入ってくる。一瞬、学生の姿に気づいて足元が後退しかけたが、藤堂の顔を見て、お邪魔、とつぶやいてそのままいつも座っている椅子に腰掛けた。

「片野先生だぁ、こんにちは」

「藤堂先生のところ、いい資料揃ってるよな。古いのは保管が大変そうだが、俺のオススメはこのあたり」

三森に書棚を見せて、彼女と今井に研究室の資料を数冊ずつ貸し出しした。

研究室から出て行ったのを見送って、藤堂はぐったりして扉を閉めた。

「遅ぇよ」

「悪い。ここ冷蔵庫ないからコンビニ寄ってきた。ほら」

「ありがとう」

片野にアイスコーヒーを手渡される。二本買ってきたらしい。

別所との関係を聞かれて学生時代の話をすると、片野が不満げに鼻を鳴らした。

「……そういうこと、どうして先に言わないわけ。そしたら別所さんが逃げ出したくなるくらい、俺がやり返してやったのに」

本気で目が笑っていなくて、怖い。

「役に立つかはわからないが、今度からなにかあったら先に言ってくれ」

あとから知ったんじゃ俺がすっきりしない、と片野が怒る。

「……あ」

さっきの、内線電話。

「なんだ」

「――明日、セクハラの件で、ハラスメント対策委員会に出ろって呼び出された」

「なにか言われた？」

「その前に、カウンセラーと話せってさ」

「投書した犯人がわかったのか？」

「……どうだろう」

木曜は普段なら休みだけれど、出てくるしかない。ひどく気が重かった。


片野を食事に誘ったが用があると断られ、代わりにそれを横で聞いていた西山が苦笑して「こっちの仕切り直ししてくださいよ」と言って、付き合うことになった。リバーサイドの半地下にあるバーラウンジに案内される。お洒落で隠れ家的な雰囲気だ。

店の中央には大きなアクアリウムがあって、色とりどりの魚たちが泳いでいた。川沿いのビル地下に入っている店で、窓一面にライトアップされた川が映る。やわらかなダークオレンジの照明。静かな音楽。癒されそうな空間だった。

「デートに使えそうな店だな」

布張りのソファに座り、素直に感想を漏らした。それほど広くない店内に、ゆったりと座席が配置されている。客は数組しかいなかった。

「これがデートですよ。たまには気分が変わっていいんじゃないかと」

「……よくこういうところに来るのか？」

「そうですね。場所は別にどこでもいいんですが、家に閉じこもっているよりは、とにかく外に出ることが好きなんです。いまは落ち着いて、昔みたいに危ない遊びはしなくなりましたけど」

ふいに、西山の過去が気になった。

「危ない遊びって……」

「若いとき、俺はけっこうめちゃくちゃに生きてたんです。生活が荒れて、高校だって卒業危なかったし、大学は遊んで一年留年した。いろいろ吹っ切るのに時間がかかったんです。それで、気まぐれになにかを始めたり、やめたり……学校もろくに行かずに過ごしてました。藤堂先生の場合と違って、俺は周囲にめちゃくちゃ迷惑かけたと思います」

少し面食らった。藤堂が吹っ切れずにいた過去の話をしたことで、釣り合いをとるために西山も話してくれたのかもしれないと感じた。

「……そうなのか？」

ええ、ときっぱり西山が頷く。

「でもいろんな経験をしてきた人間のほうがきっと、学生の気持ちがわかるんじゃないか。西山の授業なら楽しそうだと思う。……教職にはつかないのか？」

アルバイト程度の助手ではもったいないと思っていた。

「俺は院には行ってないし、教育者には向きません。だからちゃんと学生と向き合ってるあなたを見てると、つくづくすごいなと感動させられます……。ただ、もっと適当に生きりゃいいのにって、もどかしく思う気持ちもありますが」

「………」

「俺は学生だったときより、いまのほうが大学に行くのが楽しいですよ」

西山が優しげに藤堂を見つめ、行けばあなたに会えるし、とやわらかく笑った。

その微笑みに、一瞬見惚《みと》れてしまう。

藤堂はすぅと息を吸ってから、尋ねる。

「……生活が荒れてたってのは、なにか原因があったのか？」

聞いてほしいのかどうか、本心のところはわからない。だけど、西山のことをもっと知りたいと思った。

「俺は所謂、妾《めかけ》の子ってやつで……ずっと母親と一緒に暮らしてたんです。でも本妻さんに子供ができなくて、中学入学前に父親に引き取られた。継子《ままこ》いじめみたいなのはなかったですけど、やっぱりお互い気まずくて、関係があんまりうまくいかなかった。それで、しょっちゅう家出したりしてた」

聞けば、複雑な家庭環境でけっこう悲惨な境遇だが、西山は少しもそんな影を見せない。

はじめのうち、きっと西山は愛されてまっすぐ生きてきたのだろう、と勝手に思いこんでいた自分が恥ずかしくなる。

「俺がひねたガキだったってのもあって、家の中が息苦しくても、母親のところには戻れないしで、ふらふらしてたんです……藤堂先生」

「なに？」

真剣に耳を傾けていたら、西山が突然、眼鏡を外してほしいと言い出した。

「眼鏡を外した顔のほうが、リラックスしてて好きなんで」

断る理由はなく、藤堂は請《こ》われるままに眼鏡を外した。瞬きをして西山を見ると、嬉しそうな顔で見つめてくる。

「新しい家が居心地が悪かったなら、母親のもとに戻ることはできなかったのか？」

「うーん、俺が家を出る際に大喧嘩して、意地があって……。いまは、そんなんどうでもいいから帰ればよかったって思うけど、そのときはムカついてできなかったんです。本妻さんと別れるから、母に俺を連れて本家に入れって話があったらしいんですが、それを断ったみたいで俺だけ行くことになった。俺は、たぶん、その頃は母親も、父親も、本妻さんの生き方も、全部納得がいかなくて……。大人になっても、理解はできない。母親が意地っぱりなのだけはわかる、似てるから」

「喧嘩して、仲直りしたのか?」

藤堂が真面目に聞いた。そうしたら西山は少しだけ神妙な顔つきになる。

「俺が引き取られて三年後に、身体の弱かった本妻さんが病気で死んだんです。そのあとも母は妾のままで、そのうちに俺が父と折り合い悪くて家を出たので……たまに母親の顔を見に行くくらいはしてましたけど、ずっと関係はギクシャクしてました。義理の母は親戚筋から嫁いできていたので、そういうこともあったのかもしれませんが」

「お父さんは、どんな人だったんだ?」

ばらばらっぽい家族の中心になる人物だというのに、話の中で、存在感が薄くていまいちイメージが湧いてこなかった。

「父親は厳格で自分勝手で、子供には関心のない人でした。だから嫌いだった。俺を認知したり養子にいれたのも、若い妾を繋ぎとめておきたいだけだったんじゃないですかね。俺が一緒に暮らしだした頃はもう年取ってたし、思い出も少ないからよくわからない。結局、死ぬまで母とは再婚しませんでした」

「死ぬまで?」

「ええ。二年前に母親のガンがわかって、あっという間でした。高齢だった父も後を追うみたいに一ヶ月後に逝って……。遺品整理してたら、二人がやりとりしたラブレターばっかでてきて呆れた。好きなら本妻さんに謝って、人づてなんかじゃなく自分で迎えに行って、さっさと再婚すればよかったんだ。そしたら同じ墓に入れたのに、そういうことはよしとしない人間でした」

慰めの言葉が見つからなくて、だけどなにか言ってやりたくて、必死に考えるが思い浮かばない。

言葉に詰まっている藤堂に、西山が優しく笑う。

「両親が死んでから親戚付き合いをしていないので、天涯孤独みたいなもんですけど、それはそれで気楽だし。あなたを困らせるとか、同情してもらいたくて話したんじゃ——」

そうじゃない。

藤堂は慌てて叫んだ。

「俺も、親はいないから!」

西山が前髪を掻き上げて、ちらっと藤堂を見た。

「なんですか、それ。あなたは妖精ですか。それでこんなに可愛くて、危険ないい匂いがするって言うんだったら納得できますが」

テーブルに置いた藤堂の手に触れて包むようにしながら、くくくっと西山がおかしそうな笑い声を上げた。楽しそうな態度にホッとした。

「……違うよ、両親は事故で……俺は人間だ」

「人間じゃなきゃ困る。不謹慎ですけど、じゃあ俺たち、ぴったりだと思います」

西山を部屋に招いた夜から、確実に、前より存在を身近に感じる。

態度が大きい、というのではないのだけれど、遠慮が少しとれて、以前よりも見つめ合う距離がうんと近くなった。

「今日、泊まってもいいですか？」

テーブルの下で、西山が長い足で藤堂の足を挟むようにして、脛《すね》を軽くぶつけてきた。

※※※

夏休み直前。

前期試験中は、いままでどこに隠れていたのかと驚くほど、大学構内にわらわらと学生の姿が増える。そして学生課の掲示板の前に、真剣な顔つきをした学生の人だかりができる。ああだこうだ言いながらメモをとる姿はこの時期の風物詩だ。

試験準備も、採点をするのもしんどいが、いままで見なかったような学生の顔を見られる瞬間で、嫌いじゃない。ほとんどの場合、学生の付け焼刃の実力を試される。

試験監督の手伝いを大学院生がしてくれることになっているが、藤堂の担当科目は選択式ではなく論述試験がメインで、不正行為をしてもあまり意味がない。もちろん論述でないほうが採点するのは楽だけれど、学生の理解力を測って書く力をつけさせるためには必要だった。

研究室で書類をチェックしていた西山が、ふと顔を上げた。

「夏休みになったら、どこかへ旅行に行きませんか」

「……俺と？」

つい聞き返した。

「ええ。あとで相談しましょう」

藤堂は早く夏休みになってほしいと願っていた。それは遊びたいからじゃない。藤堂には、試験の採点を含め、夏休み中にやらなければならない仕事がある。執筆を依頼された原稿もなかなか集中できずに進んでいない。旅行に行くような時間も少しくらいはとれると思うが、そうそう休みだと浮かれてはいられなかった。

ただ夏休み中、大学に顔を出す学生は減る。

先日、ハラスメント対策委員会に投書の件で二度目の呼び出しを受けたとき、藤堂のセクハラを訴える投書がまたあったと知らされた。今回は署名こそなかったが、ゼミ生が研究室で相談中にセクハラを受けた、と具体的に状況が書かれていた。

前回の投書で、かなり言動に気をつけていて、そんな状況に陥ったことはない。それが嘘なのは明白だった。日時が書いていないため、またしても無実の証明はできなかったのが悔しかった。

藤堂が卒論指導を受け持っているのは、三年生と四年生。一学年につき、十数名ずつだ。だけど彼女たちがそんなふうに訴えるとは思えない。贔屓目《ひいきめ》だが可愛い学生たちだ。どうして嘘をついてまで自分を追い詰めたいのかと、投書をした犯人に聞きたかった。さすがにその日は落ち込んだ。

カウンセラーと少し話したが、最近では教員に対してだけでなく、学生課や教務課の職員への「態度が威圧的。えらそう」などといった苦情の投書も多いのだという。

カウンセラーは繊細な学生が増えたと苦笑していた。たしかに藤堂が大学を卒業した頃と比べても、学生との接し方や、距離の取り方が難しくなっていると感じる。

二度目の投書は藤堂がどうして処罰されないのか、と糾弾《きゅうだん》する内容も書かれていた。それで西山に協力してもらって、日本文学科のすべてのゼミ生に「ゼミでの困ったこと、改善要望がないか」というアンケートをとって回ってもらったりした。

学生たちの回答に、問題と思われるような大きな不満はなかった。

だが少し状況が動いたせいか、余計に噂が回ったように思う。

今朝、学生課の水木と教務課の里見が、噴水の前で腰掛けて話しこんでいるところに遭遇した。するど水木が明らかに嫌悪感を露《あらわ》にして、里見に何事か話しかけた。

里見のほうは少し困ったような顔で水木になにか言い返し、藤堂には笑顔を向けて普通に「おはようございます」と挨拶してくれた。

人の態度はささいなことで変わってしまう。何度体験しても慣れることなんかできない。

藤堂は気にしないように努めて、いつもどおり振る舞った。

「もしかしたら、犯人は学生じゃない可能性もありますね」

ゼミ生から回収したアンケートを確認した際、西山が考えこむように言っていた。

構内の何ヶ所か、目立たない場所に投書箱を置いてあった。大学内に出入りできる人間なら、誰でも簡単に投書できるようになっていた。外部の人間もわりと簡単に侵入できるが、いくらなんでもその可能性は低いだろう。

学生を騙《かた》った誰か。そうだとしても心当たりはない。

藤堂は仕事が残っている西山を残して大学を出て、帰宅途中に駅前にある蘇芳書店に寄った。夜にはまた西山と会う約束をしている。

学生の頃は毎日通わなくては気がすまないくらい、書店という空間が昔から好きだった。本に囲まれていれば心が落ち着く。いまでも週に何度か、新刊棚とフロアのおすすめタイトルをチェックしに寄っていて、新刊が出ていなければ文学の棚を眺める。

落ち込んだときは足が痛くなるまで本屋で過ごす癖があった。

特にほしい本は見つからなかったが、なにか買って帰りたくて、藤堂は気になる本を探してフロア内を巡る。違うジャンルの棚の前で、見覚えのある三春丘学園大学の女子学生を見かけた。

その瞬間、やべ…となんとなくその場から後ずさる。学生たちに気づかれないうちに急いで書店を出た。どういうことで誤解を受けるかわからない。

「ハァ――」

額に滲んだ冷汗に気づき、深いため息が落ちる。

夜八時頃、藤堂が自宅で仕事をしていると、インターホンが鳴った。

出迎えに出ると西山が紙袋を手にして立っていた。

「橘先生からお土産にいただきました。一本はあなたに」

渡された袋の中には、ワインが二本入っていた。一緒に入っているチーズやクラッカーは西山が買ってきたらしいそれに旅行社のパンフレットまで揃えてきている。用意周到だ。西山の行動力にはいつも感心させられる。

もらったのは赤ワインだったが、さっと冷やしたほうがいいだろう。

そう考えて冷蔵庫に寝かせているうちに、西山がリビングのラグにあぐらをかいて楽しそうにパンフレットを広げていた。藤堂の部屋は一ＬＤＫだ。広いリビングの一角は本棚スペースになっている。押入れの中も本だらけだ。

「どうですか、これ。秘境の温泉特集」

「温泉は暑いだろ。夏なんだぞ」

「山奥は夏でも夜は寒いらしいですよ。それにこの時期は人が少なくてかえっていいと思います。リゾート地は予約がとれないかもしれないし」

西山の勢いに押されて、一泊ならと頷いた。

それでもさすがに温泉に行くなら、もう少し涼しくなってからのほうがいい、と後期授業開始直前の九月下旬で日程を調整する。

「いいですね。俺もあまり長くは家を空けられないので」

じゃあ明日予約をいれます、と藤堂の気が変わらないうちに西山がさっさと行き先を決めてしまった。

「先に風呂入って、ゆっくりワインを飲みましょうか」

西山が立ち上がる。風呂に入るってことは、泊まるつもりのようだ。

「……いいよ。入って来い」

「どうかしました？　少し顔色が悪い気がする」

「昨日、あまり寝てないんだ」

「前期試験で緊張したんですか。学生でもないのに……それとも、なにか悩みでも？」

西山が藤堂の手を引っ張って、距離が近づいたところで顔に触れて頬を撫でた。

眼鏡を外した素顔を人に見られることが怖くなっていたが、西山の前では外していても平気でいられた。西山の指先から温かな熱が伝わってくる。

「連絡が……あって」

「誰から？」

「両親が死んでから俺が世話になってた――叔父さん。会いたいって」

西山に身内の事情をすべて話したわけではない。進学について意見が合わなくなり、叔父の家を出たとだけ伝えていた。

西山は軽く頷いて、藤堂の頰に軽くキスをした。

「先に風呂貸してください。あとで話を聞きます」

バスルームへ消えるのを見送ってから、藤堂はさっき西山の唇が触れた頰を手でこすった。西山がこの部屋に泊まりにくるのは、四回目だ。

キスしたり、軽く触れ合ったり、一緒に寝たりする。しかしどうやら、西山は藤堂の口から好きだといわせるまでは、最後まではしないつもりらしかった。西山に比べれば、経験が多いとはいえない藤堂を気遣ってくれているのが伝わってくる。なんとなくこういう関係ならいいかと、西山が部屋に来るのも拒絶せず、自然と受け入れてしまっている。

仕事の邪魔になるほど頻繁ではないし、かといって、西山が来るかもということを意識しないでいられるほど日数を置くこともない。

誰とも深く付き合いたいと思っていなかったのに、どうしてか視界に西山がいても煩わしく感じなかった。

「いいワインですね。さすが、橘先生。ご主人と、フランスのワイナリーを巡られたそうですよ。藤堂先生、口に合いますか」

「ああ」

真夏にエアコンの効いた部屋で、美味しいワインとチーズ。人によっては最高の贅沢だと感じるだろう。

「……それで？」

さっきの話の続きを、と促される。

「急に会いたいって言われても、叔父さんの家を出てもう十年以上経ってる。成人してから会ってなかったのに」

なにを考えているのかわからない、と告げる。

すると、心配されてるんじゃないですかと西山は穏やかに微笑んだ。

「……心配じゃない、はずだ」

縁の薄い親戚を通して、どうしても大切な話があるという連絡だったが、いまになってなにを話す気だと思う。話し合いなら第三者をいれてこれまでさんざんしてきた。だいたい連絡には弁護士を通すようにと伝えてあるはずなのに、ルール違反だ。

「叔父さんご家族が好きだったんですね」

「はっ？　好きじゃないよ。好きじゃないから、叔父の家を出ていったんだ」

まったく的外れの指摘に、首を振る。

「でも高校卒業まではいたんですよね。だから本当は進学先に賛成して、応援してほしかったんでしょう。昔の俺なら、揉めた時点で喧嘩して家出です」

「……もういい。いまは叔父のことを考えられるほど、自分に余裕がない」

春からこっち、望まぬ昇進、セクハラ問題、別所との再会、なにもかもがいっぺんに起こりすぎて、すでに藤堂の許容量を超えていた。

西山の告白だってそうだ。西山が自分のことを好きだと知っていて、ずるいと思いながら、中途半端に返事を保留にしたままだった。

……こいつが、それを許しているのだ。西山は当たり前みたいな顔をして、ただそばにいる。

「ですが…」

藤堂はなにか言いかけた西山の耳を思い切り引っ張ってやった。

「…ッ」

「なにか別の話をしろ」

命令すると、西山が不機嫌になってしまった藤堂をあやすように髪に触れてきた。

「わかりました。どんなのがいいです?」

「どんなって……なんでもいいけど、不幸にならない話」

西山は時事ネタや世界の不思議な話、そして空想の物語など、いろんな話題を持っている。藤堂の気を引くためか、よく話してくれた。書物から得る知識が多い藤堂には、人の口から聞く話というのが新鮮だった。特に物語には、まんまと夢中にさせられる。

「少し長くてもいいですか？」

「歓迎だ」

西山の話す物語に出てくる人物は、意固地だったり自分勝手だったり、優しすぎたり、駄目な部分もあるが、必ずピュアな目標を持っていて、いろんなやり方でそれを達成しようとする。昔話や神話、言い伝えのようなものかと、しばらく黙って聞いた。ときどき展開が突拍子もなかったりするが、どんでん返しもあって藤堂だけが聞くにはもったいないと思いながら、耳を傾ける。

今回は、ある呪いを背負った少年神の話だ。

別の世界から落ちてきてしまった少年を救おうとの大神に願い出る。もとの世界に返すためと、自分にも理由があって協力しようとするが、それにはいくつか条件を満たす必要があるのに、少年神がいくらそっちへ誘導しようとしても、友達になってしまった少年が反発して何度も失敗する。

二人のやりとりがおもしろく、ハラハラする場面や、切ない場面もあった。

眠くなってきた頃に、――おしまい、と西山が話にエンドマークをつける。

「それ、どこかの国の神話かなにか？　伝奇とか――にしちゃ変わってるが」

ワインを口にしながら藤堂は疑問を口にした。

話の場面が変わるたびに少し間があき、かなり長い話をゆっくり時間をかけて話してくれた。最後には心が満たされて、なんとなく暗くなっていた気分が浮上した。

「いいえ。捏造です。適当に考えてる」

「えっ、いま？　いつも話しながら考えてたのか？」

「もともとぼんやりと自分の中にある話もあるし、細かい設定なんかは話しながら途中でこじつけてる部分もあります」

「そんなにいいかげんで、よくあんな話ができるな。ちゃんと書いて本にすればいい。そしたら絶対買うよ、俺」

藤堂が本気で褒めると、西山はさあ、と首を傾げて笑った。

「そのあとは？」

「……そのあとって？　終わりまで言いましたよ」

「最後に別れた二人が再会する後日談とか、もっと聞かせてくれ」

「もっとって、子供みたいで可愛い人だな、もう」

「………」

深夜になってベッドに入った。

西山が隣でごそごそ動いている。それを意識しつつ手を頭上に伸ばして、タッチライトを一段暗くした。

薄い掛け布団の中で身動きされ、狭いならソファで寝ろと言いたくなる。だが藤堂が寝やすいようにしているのだと気がついて、文句を言うのをやめた。

藤堂は壁を向いて丸くなった。西山に背中に触れられて、軽く撫でるようにされるだけでびくっとしてしまう。

「……暑くないですか。エアコン、これでいい？」

「うん。タイマーいれといて……」

ドキドキしているのを覚られないよう意識しながら答えた。

「キスしてもいい？」

西山が藤堂をくるむようにして布団を掛けて、その上から聞いてくる。

好きだほしいと言いながら、西山は本気で無理強いすることは一度もなかった。藤堂が許すギリギリの場所で待ってくれている。

「俺を好きになってくれましたか」

「まだだな」

落胆した気配が伝わってくる。最近ではすっかり定番のやりとりだ。

寝返りを打ち、西山のほうへ顔を向けるとすぐに唇が重なってきて、目を瞑った。

「……んっ………ふ…」

少しのあいだ唇を貪られて、西山の顔が離れていった。

「俺にキスするのはケンタのほうが上手いな」

「ケンタって?」

聞き捨てならない、と西山が薄明かりの下で剣呑《けんのん》な顔つきになる。

「昔、俺が可愛がってた犬」

なんだ犬か、と明らかに安堵した空気にフッと笑ってしまう。

「……俺のほうがあなたを愛してる」

やや拗《す》ねた声に胸をくすぐられる。西山の言葉の愛撫はいつも執拗で過剰で、そばにいるときはそれこそ雨あられのように浴びせられる。

西山が部屋にきた翌日なんかは、実際に身体に触れていない状態でも、余韻が残っている気がして、西山の視線だけですぐそばに体温を感じて、肌に丁寧に触れられるような錯覚に陥ってしまうことだってあった。それを少し心地いいと思う自分に戸惑っていた。

「いいですよ。そのうちに俺を好きにならせるし、絶対に好きだって言わせる」

西山には、楽しげに笑う余裕があるようだ。懲りないながらも少しずつ自信を深めているようで、複雑な気分になる。

「……きっといいことありますよ」

藤堂の髪を撫でていた西山が、なんの脈絡もなく唐突にそう言った。

たぶん、なんとなく藤堂が沈んでいることを感じて、気にしてくれていたのだろう。セクハラ問題や叔父夫婦との関係に悩み、気が滅入《めい》っていた。

落ち込むなと言われてもどうしようもない。元気出せといわれて元気が出るなら、世の中はもっと明るいだろう。だが、西山の優しい気持ちはしっかり伝わってきた。

こんなにも大事にされて、愛されて、護られる。いままで生きてきて、一度も味わったことのない感覚だった。

それからも優しい声で、なにかを囁《ささや》いてくれていた。睡眠不足だったせいか、途中から西山の話し声が子守唄になる。かなり瞼が重くなっていた。

「なぁ……最初、運命を感じたとかなんとか……言ってたよな」

「ええ、はい。言いました」

「あれって、なん…で――」

西山の答えを聞くつもりだったのに、ワインが回ったのか、枕元に落ちた優しい響きの意味を理解する前に、藤堂は幸せな眠りの中に意識を手放していた。

※※※

前期試験が終了した。大学は九月下旬までの夏休みに入る。

長期休暇中とはいえ、閉鎖されるわけではなく、大学図書館など一部の施設は夏休み中も開放されている。有料セミナーやオープン・キャンパスが実施される日もあり、大学構内はいつもと少し違った雰囲気だ。通常講義はないが研究室も使える。勉強熱心な学生や、学祭の準備のために出てきている学生の姿を見かける。

それでも学期中よりは静かで人気が少なく、かなり仕事に集中できる。

藤堂は壁掛け時計が午後二時を回ったのを確認して、立ち上がった。もうすぐ叔父夫婦との約束の時間だ。真夏で暑いがスーツを着て、きちんとネクタイを締める。

大学を出る前に髪を整えようと、洗面台の前に立った。

「ひでぇ、顔色……」

出かける前からすでに憂鬱《ゆううつ》だ。

どうすべきか、叔父から連絡があってからしばらく悩んだ。冷静になって考えてみると、西山が言ったことは当たっていたのじゃないかと思う。

藤堂は叔父夫婦のことが好きで、彼らに甘えたくて、認めてほしかったのだ。だから遊び時間がなくなっても家事を手伝って、彩加の世話をして、ケンタの面倒を見た。

もしもあのとき、資金が必要になった彼らが勝手な使い込みではなく、筋を通して申し入れてくれていたらと思わずにいられない。それなら藤堂も快く提供しただろうし、こんなふうに関係がこじれることもなかった。自分がまだ子供だと信用されていなかったのか、手順を踏んでもらえなかったことが悔しかった。

現在に至るまで、督促《とくそく》をしても過去に使い込まれた金の返済がされていないのは知っていた。弁護士は返済がないなら、家や土地を差し押さえるなりして、賠償させたほうがいいと進言していた。

けれど、藤堂の胸のうちには、それでも身内だという思いが強くある。それに、彩加が学校を卒業して社会に出るまでは、金銭的に苦しいのはつらいだろうと心配で、訴えて強制的に取り立てることはしていなかった。

甘いといわれても、親のいないつらさを知っている藤堂には、彩加から両親を奪うような真似はできなかった。

その彩加も今年、無事に大学を卒業したはずだ。

そろそろ再度の話し合いが必要なタイミングだというのもあり、弁護士を同伴するかどうか迷ったけれど、先に彼らの意向を探っておこうと決意した。そのため会うのは公共の場でという条件をつけて、ホテルのロビーラウンジで、叔父夫婦と待ち合わせをした。

約束の時間通りに藤堂が到着すると、彼らは先に来て待っていたようだった。服装にはそれなりに気を遣ってきたらしく、ややかしこまった雰囲気だ。

「……どうも、ご無沙汰《ぶさた》しています。お元気ですか」

形式的な挨拶を口にした。藤堂は立ち上がりかけた相手を制し、向かいのソファに浅く腰掛けた。案内してくれた女性にコーヒーを注文する。

「始ちゃん、とても立派になって……」

藤堂の姿を見るなり、叔母が瞳を潤ませていた。そして上品なハンカチで口元を押さえ、一瞬でいかにも感動の再会というような空気を作る。

藤堂はそれに流されないように自分を律して、両手を前で軽く合わせる。

ゆっくり一呼吸おいてから、なるべく冷静に口を開いた。

「それで、お話というのはなんでしょうか。なにかありましたら私に直接ではなく、弁護士の金城《きんじょう》さんを通してご連絡くださいと申し上げているはずです」

「そんな他人行儀なこと！」

「まあまあ、いいじゃないか。あのときは始も子供だったからな、私たちの気持ちが通じなかったのもしょうがない。いまはもう、弁護士なんか出てこなくたって、なんでも自分で判断できる年齢だろう」

叔母の横で、叔父がじろじろと値踏みするような視線を投げてくる。その視線のいやらしさに吐き気がした。

「お約束した期日にいっこうにご入金がないので、何度か金城さんからご連絡がいっているかと思いますが――」

藤堂が先に借金返済に触れようとすると、「それより、こっちのほうが大事な話だ」と叔父に遮られた。

三十分後、藤堂は一人でホテルを出た。

落ち着いた英国調のインテリアでまとめられたロビーラウンジに、似つかわしくない客だっただろう。彼らの勝手な言い分を前にして、声を荒げないでいることは難しかった。ほとんど飛び出すようにして、ホテルのエントランスの外に出た。

さっきまでいたロビーと、炎天下の外との気温差にいっきに汗が噴き出す。

ホテルの前でタクシーに乗り込み、行き先を告げると運転手が後部座席を振り返った。

「お客さん、大丈夫ですか?」

それまで我慢していたものが、どっと溢れ出した。

激しく顔を歪めた藤堂は眼鏡を外して顔を手で押さえた。

「………ええ、すみません。行ってください」

タクシーが滑《すべ》り出すと、清潔な白いシートに頭をもたれさせて、ふうと息をつく。

話し合いはまったくの徒労に終わった。どうして、のこのこと一人で彼らの前に出ていったのか。行かなきゃよかった。

示談の申し込みや、返済額の減額の申し出なら、まだ予想していた範囲内だった。しかし、彼らが申し出たのはそんなことではなかった。最悪だ。

話の主旨は、従妹の彩加と藤堂の結婚話だった。それで万事解決、面倒なことはなくなる、これ以上の良縁はないという叔父の態度に、怒りを通り越して呆れた。

どうしてそんな浅はかな考えしか出てこないのか。

藤堂の両親が残した遺産の使い込みが彩加には直接関係がないとはいえ、わだかまりは残っている。小さな頃には世話もしたし、妹のように思っているが、結婚したいという気持ちはかけらもなかった。当然断ってきた。

「くそ…っ。いいことなんか、全然ねーよ」

八つ当たり気味に運転手から見えない位置で拳を握り、ぼそっとつぶやいた。

期待するたびに、裏切られる。

冷たいと責める言葉を聞くことはあっても、まだ一度も誠意のある謝罪を受けたことはなかった。それがどうしても許せなかった。だから、もしかして今度こそ少しは心を入れ替えたんじゃないかと思って足を運んだのに、また裏切られた。

彼らが非を認めて、きちんと謝ってくれれば、もういまさらだし、生活が苦しいなら全額を返してほしいとは考えていない。

藤堂はもう保護者が必要な年ではなく、ちゃんと暮らせるだけの収入がある大人になった。それほど裕福ではなくとも、生活に困窮してるわけじゃない。金銭的なことなら話し合いに応じるつもりがあった。

だけど――。

こうして彼らと顔を合わせるたびに失望させられる。どれだけ繰り返せば気が済むのか。何度も何度も傷ついて、バカみたいだ。

一言、謝ってくれればそれでよかった。

「………う…ッ」

喉の奥が変なふうに鳴って、藤堂は頭をシートに仰け反らせて瞼の上を両手で覆った。

それだけで、よかったのに。

※※※

西山は夏休み中は大学に出てきていないらしく、顔を見ない。

叔父夫婦とホテルで会った夜、西山がなにかを察したかのように誘いの電話をかけてきた。だが、その日は誰にも会いたくない気持ちが強くて「忙しい」と断った。そのついでに「夏休み中はたまっている仕事をする」と宣言した。

西山は「わかりました。自分もやることがあるので」と了承し、それから藤堂の家への訪問はぴったりと止んだ。

最後に会った日から、かれこれ二週間が経つ。

それはそれで都合がいいのだが、大学では毎日のように会っていただけに、少し物足りない気分になった。勝手なものだ。

八月の終わり、藤堂は日本文学協会主催のシンポジウムに出席するため、京都まで出かけた。講師二人の講演が終わって、質疑応答までに十五分の休憩時間がとられていた。

いまのうちにトイレに行っておこうか、と藤堂が席を立った瞬間。

「――始、こないだはいきなり帰って、どうしたよ」

馴れ馴れしい声をかけられた。

すぐに顔色が変わる。

「……どうして、ここに…」

「んー？　普通にシンポジウムに参加してるだけだけど？　なんだよ、俺が来ちゃ悪いのかよ。あ、さっき発表してた酒巻《さかまき》教授と、これが終わったら飲みに行くことになってんだ。

おまえも一緒に来るなら、紹介してやるぞ」

揉める前と、まったく変わらずに先輩風をふかせ、別所はいっそすがすがしいほどに悪びれない。どうしてそんな態度をとれるのか、藤堂には理解できなかった。

「結構です」

冷たくキッとにらみつけ、断ってトイレに行こうとしたが、別所に行く手を阻《はば》まれる。

「どいてください」

「なんだよ、こないだだって、せっかくのメシの途中でおまえ……おいっ」

藤堂はこの男の話を聞くつもりなど毛頭なく、別所の身体を押しのけて無理やり廊下に出た。別所がずんずん歩いて、後ろにくっついてくる。背後から腕を強く引っ張られた。

「なぁ、始。……なあって！」

「………」

別所に気やすく触れられたのがいやで、反射的に全身にぶわっと鳥肌がたった。過剰反応だ。だがそのおかげで、覚悟が決まった。

「無視すんなよ。せっかく俺が声かけてやってんのに！　どんだけえらくなったんだよ、おまえ」

藤堂は足を止めて別所に向き直ると、意を決して押し殺した声で言った。

「俺はもう、あなたと付き合う気はありません」

「……ふん、何様だ？」

別所が目を吊り上げて、大きく顎をしゃくる。

「自分が俺になにをしたか、わかってるんですか。院生のあなたが学部生だった俺の研究を盗んだんだぞ！」

その瞬間、別所に痣ができそうなほど強く顔を掴まれた。指が肌に食いこむ。

「ングッ…ぃ」

「黙れよ。あれは俺の研究だ。頭がおかしくなったのか。ん？　十年以上も経って、なにをうだうだ細かいことを言うんだ。あのときおまえだって納得しただろ、いまさら騒ぐなよ。だいたい、おまえどうやってあそこの教員になったんだ。コネか？　なんだったら、今度は俺がおまえの研究を手伝ってやろうか。名前は出してもらうけどな」

「納得なんか……っ。俺はバカでも、あなたの奴隷でもないっ」

渾身《こんしん》の力で別所の手を振り払って叫んだ。

「ほんっとーに、心狭いなおまえ。つまんねーやつなのに、我慢して三年も一緒にいてやっただろ。ついてきたのはそっちだ。だから可愛がって、俺がやりたいことを手伝わせてやったんだぜ？　あーもう、友達少ねぇだろうから、せっかくまた前みたいに付き合って

「……大きなお世話だ。俺に二度と声をかけないでくれ！」

「なんだと」

大声を出したせいで、廊下に出ていた人間たちの注目が集まった。藤堂はもはやトイレに行く気をなくし、それだけ言い捨てて踵を返す。

しかし別所がしつこく肩を摑んできて、頭の横でささやく。

「おまえ、こないだ大学に行ったとき、評判よくなかったぜ。だから俺がフォローしてやったのにさ。なぁ始、嫌われてるんだってちゃんと自覚持てよな。片野さんや西山くんだって、好きでおまえと付き合ってるんじゃない」

……耳に入れるな。でたらめだ。

藤堂は会場へは戻らずに、そのまま来るときに入ってきた扉から来た道を引き返した。

「始、待てって。俺はまだ…」

追いかけてきて、なおも話を続けようとする別所を振り返る。藤堂は大きく息を吸った。

「――――誰がどう思っていようと」

あなたに関係ない、と言い返した。それが精一杯だった。

※※※

別所の言ったことなんて信じていない。好き勝手な言われ様に本気で腹が立ったが、あんな言葉に振り回されるほうがバカげてる。一晩眠れば、きっと朝には忘れてる。

そう思ってベッドに入り、就寝用の本を手にしたけれど、どれだけ読み進めても内容がいっこうに頭に入ってこなくて、眠気も襲ってこなかった。

別所に言われたことを思い出すと、ムカムカして苛立ちが治まらなくなってしまう。

藤堂に相手にされなくて、悔し紛れに放った暴言だってことはわかっていた。ささいなことだ。なんてことない。いい大人なんだから、あれぐらい聞き流せる。何度もそう自分に言い聞かせた。

それでも、こんなにも胸にひっかかるのは、どこかで思い当たるふしがあったせいだ。

藤堂は立ち回りが下手くそだという自覚がある。会話もそう盛り上げられるタイプじゃないし、友達だって多くない。研究しか頭にない、付き合ってもつまらない人間だというのは、そのとおりかもしれない。

藤堂は本を置いて、仰向けのままため息をつく。

「……はぁ」

顔を横向けると、枕元にソファにあるはずのクッションがあった。前回泊まったとき、西山がベッドに移動させてそのままになっていた。

藤堂はむくりと起き上がって、手にしたそれを壁に投げつけた。

クッションが跳ね返ってくるかと思ったが、垂直に落下する。キャッチボールというわけにはいかないようだ。

失敗、とつぶやいてそれを拾いにいき、軽く叩いて丁寧に埃を払った。

三十二歳にもなった男が夜中に一人でやる行為じゃない。

ふと胸に、こういうことを喜んでやりそうな男の顔が浮かぶ。

……西山は、今頃なにをしているんだろう。

先日、叔父たちと会った日の誘いを断ったことを後悔していた。西山は残念そうな顔をポーズで見せて、いいですよ、といつも笑顔で軽く流してくれる。電話でも変わらず優しかった。

人間関係においては西山のほうがよっぽど大人だ、と思う。

たまにはメシくらい、こっちから誘ってみようか。そうしたら西山はどんな顔をするだろう。想像すると落ち込んでいた気分が少しだけ浮上した。

頭が冴えてしまって、藤堂は照明をつけて仕事用デスクの前に座った。

先日送られてきた、紙の束の詰まった封筒を取り出す。学生たちが前期締め切り分までに提出した、読書感想文の藤堂の採点担当分だ。

規定枚数をきっちり提出さえしていれば、よほどでなければ単位を落とすことはしないが、成績はつけなくてはならない。

まず課題図書の感想文を仕分けしてから、自由課題の感想文のタイトルをチェックしていく。提出する際、著者とタイトルだけでなく、いつどこの出版社から発行された本を読んで書いたものか、表紙に記入するようになっている。

数名分パラパラ見てみると、少し特徴のある同じ名前があった。

チトセ伊織。

「ああ……今井さんの言ってたやつか。早瀬も同じのか」

学生同士で本の貸し借りをするので不思議ではない。中には、その本を読んだ人間からあらすじを聞いただけで、感想文を書く手抜きな学生もいる。

どうもライトノベルらしい。今井から聞いた話を思い出しながら、キーボードを叩いて、著者名をインターネットで検索する。

「感想はブログが多いな、流行《はや》ってるのか……。大学には置いてなさそうだが」

読んでみようという気になってメモを取り、明日、大学図書館で確認することにした。なければ帰りに書店に寄ればいい。基本的に大学図書館には学術研究のための資料が揃えられており、娯楽作品の棚は少ない。


翌日、藤堂が大学に行って調べてみると、どうやら大学図書館に蔵書されていることがわかった。しかもいくつかあるらしいシリーズすべて。

図書館司書がファンなんだろうか。

何冊か抜けているが、とりあえずある本をすべて借りた。そのあと池の前を通りかかったら、今井が鳥にエサをやっているところに出くわした。珍しくいつも一緒にいる三森とは別行動のようで、一人だった。

「わっ、先生！　こんにちはー、夏休みなのに大学に来てるんですね」

今井が嬉しそうに微笑んだ。

「いつもと違う雰囲気だな」

なんとなくそう思った。

「きゃーっ、だって今日は先生に会うと思ってなかったから！　服だって、こんなんだし、やだっ、もうっ」

「俺は仕事があるから。……いや別に、それだって普通に似合う格好じゃないか。今井は授業ないのに、わざわざ出てきてるのか。……鳥にエサやっていいのか？」

いつものふわふわしたフェミニンなイメージと違って、着ているのはスポーティーで動きやすそうな服だ。

どうやら今日は例の香水をつけていないようだった。夏休みで気を抜いていたと慌てる様は少し可愛らしかった。

「近くの寮に住んでるんで、大学まで徒歩十分なんです。冷房代節約したくて、バイトがない日は図書館にくるんですよぉ。エサはやっちゃ駄目なんですか？」

さぁ、と首をひねって苦笑した。天然でどこか憎めない子だ。

オープンスペースでなら、学生とも話しやすい。

「藤堂先生って、どんな感じの服が好きですか？」

「俺？　あまり深く考えてないな。大学へ着てくるのはスーツだからほぼローテーションだし」

「じゃなくて、先生の好きな女性の感じっていうか……」

顔を赤らめて聞いてくる今井に、藤堂はああ、と苦笑した。

学生に好意を寄せられても返せない。なるべく傷つけずに、のぼせ上がっているのが冷めるのを待つだけだ。

「……服装とかじゃなくて、頭のいい子と話すと楽しいかな」

そう言うと、今井はがくっと項垂れた。

「そうなんですかぁ……。ところで先生、夏休み中に決めろっていう研究テーマ、奥の細道にしようかと思うんです」

「奥の細道のなに？」

「なに、って……」

「ただ漠然と松尾芭蕉、奥の細道をやります〜っていうんじゃ駄目だよ。題材に選ぶのはいいけど、奥の細道をどういう観点から研究するのか、それを決めなさい。同じゼミでは、似たテーマがかぶらないように早いもの勝ちだから、後期のゼミが始まったらすぐ宣言して。それと、有名な作家をやりたい場合はひねりを加えたテーマにしてください」

「ええ〜っ。ハードル高いっっ」

「卒業生と研究テーマがかぶっても、あまりよくないんだ」

頑張って、と応援する。

「ううぅー、もっかい考え直します」

今井は頭を抱えて身体をひねり、ベンチに座りこんだ。

研究者としては優秀な学生に期待する部分があるが、結局は人と人だ。

ゼミの時間以外、研究室には寄りつきもしない学生もいるけれど、真面目さや成績とは関係なく、相談してくる学生にはアドバイスをしてやりたくなる。

藤堂は研究室に戻り、今夜食事でもどうかと西山にメールをしてみた。送って一分もしないうちに、西山から電話がかかってきた。

「もしもしっ？」

声が少し上擦《うわず》っている。

「ああ、どうした」

なんとなくくすぐったい気分になりながら、冷静に聞き返してやった。

「いま誘ってくれましたよね？　ありがとうございます。すごく嬉しいんですが、実は今夜ちょっと予定があって、無理なんです。別の日にしてもらえませんか」

なんだ、と藤堂はいままでの自分を棚にあげて肩を落とした。

そして今週はほかの日は無理だ、と告げる。すると、西山が真剣な声で聞いてきた。

「それなら、夜中に抱きしめに行っていいですか」

「なに言ってるんだ」

まったく、なんだそれは。

その夜、藤堂は何度か玄関を振り返った。期待なんかしてなかった。だけど、もしかしたら西山が来るかもしれないと思って。

迷惑にならない範囲で、とはじめに言ったとおり、西山は藤堂のいやがることはしない。でも別にそこまで迷惑というわけじゃない。だったら「来てもいい」と言えばよかったのか。そうしたら、本当に西山は夜中にやって来ただろうか。

……そんなのは、よほど特別な関係ですることだ。

藤堂は手元に置いていた携帯電話を指でスクロールして、メールの履歴を確認した。面倒で、これまでほとんど活用されていなかったメール機能。送ってくるのは西山ばかりだ。携帯電話の画面に並んだ名前を見つめ、藤堂は小さく息をついた。

※※※

昼下がりの研究室。

「え……？」

図書館で借りたチトセ伊織の文庫本を何冊か読破していくうちに、藤堂は妙な既視感《きしかん》を覚えて思わず声を出した。

似ている。手にしている本のストーリーが、話の根幹、特殊な世界設定、そしてキーワードになるものが、西山の話した作り話と非常に似ているのだ。それに気づいて、混乱してくる。

どうしてこんなに一致するんだ？

キャラクターの少し変わった考え方だとか、エピソードの積み重ね方だとか、受ける印象が重なった。それればかりではなく、特にひっかかったのは、藤堂が一番気に入った文学少年の話だ。

不思議の国のアリスの少年版のような感じで始まり、与えられた冒険を少年はことごとく失敗していって、途中で喧嘩別れしてしまう友達と、なんとか一緒にいる道を選ぼうとする。そして振り出しに戻っては、何度もやり直すのだ。

結局別れは避けられない。だが、それまで友達と別れて先へ進むことを躊躇していた少年がやがて別の道を選び、最後の最後で思いがけない再会を果たし、ときどき交わりながら未来はそれぞれの道をいく。

……その話と、あの印象的だった西山の少年神の話。あれは。

そのエピソードのくだりを、西山は「友達」の側からの話に仕立てていた。

だから話は同じじゃない気がする。でも――。

藤堂は顔を手で覆って、しばらく考えこんだ。その事実から目を逸らしたくてたまらなかったが、どうしてもストーリーの核心的な部分が重なるように思えた。一度話が似ていると感じてしまったら、もうそこから思考が抜け出せなくなった。

藤堂はしばらくペンを握ったまま、深く俯いて開いていたページをにらみつけた。ただ疑心暗鬼《ぎしんあんき》にとりつかれているのかもしれない。

しかし、冷静になろうと思えば思うほど、いやな方向へ思考が流れる。

若者向けに売れている本のようだから、西山が読んでいたっておかしくないのだ。

……疑い出せばきりがない。

別にこれくらいのこと、気にしなければいいのだ。試験で不正をしたわけでもなく、たかが軽い雑談の中でのことだ。

雑学知識なんて見聞きして増えるものだ。それを作り話だなんて言わず、どこかで読んだとか、聞いた話だと言ってくれればよかったのに。

あれほど信じてくれといった西山の言葉に、どんなささいなことでも嘘があったというのがショックで、許せなかった。

全然信用できないじゃないか。

自分の心が狭すぎるんだってことはわかってる。それでも、西山だからそのすべてを信じられると思ったのに、その気持ちがぐらつく。

「……なんだよ」

一人でうだうだ考えるのを止めて、西山に直接確認しようかと立ち上がる。

ただの藤堂の思いこみかもしれない、どうかそうであってほしい。

そう考え、藤堂は携帯電話を手にして、西山の番号を呼び出そうとした。だが、結局かけるのをやめた。

西山に、疑いを否定してほしいと強く思う。だけど否定してもらったところで、きっと藤堂は「本当にそうだろうか？」と思ってしまうだろう。

それではいまの状況と変わらない。むしろ、重ねて嘘をつかれた気になるかもしれない。

そんなのはいやだ。

叔父に騙されていたのだと知ったあのときも、始まりは小さな疑いからだった。その綻《ほころ》びを暴いたことで、叔父との関係は破綻《はたん》し、もはや修復できないところまできてしまっている。愛されて大事に扱ってもらえていると思っていたのに、それが全部偽《いつわ》りだった。一度心に疑いを抱いてしまえば、消し去ることは難しい。それは藤堂自身がよくわかっている。こんな気持ちのままで、とても西山と一緒に過ごす気にはなれない……。

気づかなければよかった。

軽い息抜きのつもりで始めた読書だった。本を置いて、仕事の続きに戻ろうとする。けれど、もやもやした気持ちを胸に抱えていては集中できなかった。

諦めて仕事を投げだして、藤堂は研究室の黒い革張りのボロソファに足を伸ばした。三笠教授から譲り受けた備品だ。ここは懐かしい本の匂いがする。

目を閉じて、その空気を肺いっぱいに吸いこんでみた。

どうしようもなく疲れている。

じっとしていると別所に言われた言葉がぐるぐると頭の中を巡った。彼に投げつけられた理不尽な言葉の数々は、一撃で致命傷にはならなくても、遅効性の毒のように時間が経つにつれじわじわと全身に浸透し、藤堂の心と身体を弱らせていく。

こんなとき、全員が敵に思えたりする。頭では――理屈では、そんなわけないとわかっているのに、どうにもならない。ほんの少しのことで弱くなってしまう。

自分に自信がなくなって、なにもかもがいやになる。

藤堂はそれからしばらく西山に会うのを避けた。送られたメールや誘いには、忙しいと無難な返事をかえしてすませた。

たぶん、藤堂は西山の好きだ愛してるという言葉に、少し浮かれていたのだ。普段の藤堂ならもっと警戒して付き合っていて、こんなふうにたかが軽い嘘ひとつつかれたくらいで、ショックを受けたりしなかった。これは落ち着いて冷静になるいい機会だ。

タイミングよく夏休み中で、部屋か大学にこもっていれば、家が近くてもそうそう偶然会ったりすることはないだろう。

どうしようかと迷っていた温泉旅行も、キャンセルさせてほしいと電話した。

それまでは藤堂の言い訳を従順に受け入れてくれていた西山だったが、さすがにこの件については、すんなり引いてはくれなかった。「これから話を聞きに行きます」と返ってきた。いま部屋に来られるのは困る。

藤堂はそれなら自分が行くから、と断って西山に住所を聞いた。

久しぶりに会った西山は少し日に焼けていた。さっきまで寝ていたのか、髪がぼさぼさになっている。

「散らかってますけど、あがってください」

どこか疲れた顔で戸惑った様子はあったが、招き入れた藤堂を見て嬉しそうに笑う。眩しい笑顔。いい男だから、笑えば疲れた顔も帳消しになる。

藤堂を見つめる優しい眼差しは変わっていなかった。

「ずっと会えなかったんで、顔が見たいと思ってたんです。来てくれてよかった」

いかにもいま使っていましたといわんばかりに、廊下に掃除機が出しっぱなしだ。電話を切ってから、藤堂が来るまでのあいだに慌てて片付けたんだろう。西山の部屋の中を見てみたい気持ちが湧いた。

しかしそれを我慢して、中には入らずに玄関先で首を横に振る。そしてコンビニで買ってきたスイーツを袋ごと、甘党の西山の手に押しつける。男のくせに、コンビニのお菓子棚にある新製品をいち早くチェックしているのを知っていた。

「かまわないでくれ。直接謝りに来ただけで、仕事が残ってるからすぐに帰るつもりだ。ドタキャンして悪かった。キャンセル料は俺が払うから……その中、アイスも入ってるから、早く冷凍庫に入れないと溶けるぞ」

「ありがとうございます。まだ四日前なので、キャンセル料はかかりませんよ。こんな時間まで仕事？」

心配の中に僅かに疑うような声音が混じっていた。胸がずきんと痛くなる。

「そうなんだ」

「一時間……三十分でもいいですから、お茶でも飲んでいきませんか。これ、一緒に食べましょう」

西山がさっき手渡したコンビニの袋を胸のあたりまで掲げて、熱心に誘ってくる。

そうしたいのはやまやまだったが、西山と一緒にいると、自分がつけているはずの仮面が外れる。ただでさえ心が弱いのに、さらに脆《もろ》くなってしまう。

またキスされて、甘い言葉をささやかれたら強く抵抗できない。これ以上近づいたら西山に依存して、その言葉を疑ってしまう自分と戦わなくてはならなくなる。そしていつか本当にこの男に裏切られたら、どうしていいかわからない。

「旅行はどう頑張っても無理？」

「ごめん」

「……日帰りでも？」

「うまく頭の切り替えができないから、余計疲れると思う。また次の機会にさせてくれ」

わかりましたと言いながら、西山が玄関框《かまち》を股いでサンダルを履く。そして、すぐ帰ろうと藤堂が開けたままにしていたドアをパタンと閉めた。

「あ…ッ」

とっさに藤堂がドアを振り返ると、出て行くのを遮るように、西山がコンビニ袋を持っていないほうの手で顔に触れてきた。

「そうですね、少し疲れた顔してる」

「西山も疲れてるだろ。体力あるからって、無茶するなよ」

大学が休みのあいだ、ほかの仕事をすると言っていた。西山の顔にやつれた部分が見えるのは、そのせいだろうか。

頬に触れられた手を外させようとしたら、今度はその藤堂の手を握られた。

西山が片手の指と指をギュッと絡めて、珍しく文句を言う。

「っていうか、ずっと旅行に行くために忙しいんだろうって思って、会うのを我慢していたんです。本気でがっかりした」

「……すまない」

西山の責めは甘んじて受けるつもりだったが、こういう形になると思わなかった。スキンシップは平気だなんて、言わなきゃよかった。おかげで乱暴に手を振り払うのは躊躇われ、藤堂はなんとか自然に西山の手を外させようと格闘する。

もしこの手が別所なら、いやでいやでたまらないと思うのに、西山の手のひらの熱は不快じゃない。むしろ安心する。だから困るのだ。

そんな藤堂の内心を見透かすように、西山が口を開く。

「本気で悪いと思ってんなら――」

キスでもしてくださいよ、と言われて西山の顔を見つめた。

少し迷う。できるだけ距離を置いて慎重に接しようと思っていた。でもいまは、藤堂の我侭で旅行をキャンセルしたのだ。断れない。

顔を近づけて、言われたとおりに軽いキスを仕掛けた。

「………っ」

唇に唇を押し当てるだけのキスのつもりだった。けれど、唇が触れた途端に西山の舌に結んだ唇を舐められ、こじあけられそうになった。慌てて身体ごと離れた。

西山がフッと笑う。

「キスだけだ」

もうサービス終了だ、と藤堂が顔を赤くして軽くにらみつける。

たかがキスくらいで顔が熱くなっている自分がいやだった。こないだまで、全然平気だったのに。

そもそも、ちゃんと謝ったのに、なんでキスをしなきゃいけなかったのか。言うこと聞くんじゃなかった、と俯いて心の中でわけのわからない反省をしているうちに、やっと西山が許してくれる気になったようだ。

「帰ります？　送りますよ」

少し機嫌のよくなった声。

……キスひとつで、簡単だ。

「いや、いい。一人で歩いて帰れる」

「でも……」

心配されるようなことはなにもないから、と言い張って、送りたいと食い下がった西山を断り、玄関を出た。

その直後、夜なのに鳥の声が聴こえた気がして、マンションの廊下で一度振り返る。

しかし気のせいだったようで、耳をすませても窓を開けているらしい隣の家族の声と、近くの幹線道路を走る車の音しか聞こえなかった。

一人の帰り道で、藤堂は雲を見上げてため息をついた。

※※※

三春丘学園大学では後期授業が開始された。

長期休暇明けはいつも、学生たちの休み気分が抜けるのに一週間ほどかかる。夏休み中に旅行に出かけたり、帰省したりしていた学生たちのお土産が教室を飛び交った。

ゼミ生の中村と早瀬がわざわざ研究室まで、藤堂に地元の名産品を渡しにきてくれた。

中村は北海道出身らしく、ホワイトチョコの挟まったラングドシャをくれた。

受け取って礼を言う。

「ありがとう。次のゼミの時間にみんなで分けて食べようか」

通常、ゼミの時間は飲み物の持込みは禁止していないが、食べるのは禁止だ。

「あっ、じゃあ、今度のゼミはお茶会にしませんか」

「かまわないよ。研究テーマを提出してもらわないといけないけど、あとは休み中の報告をしてもらうつもりだったから」

「先生、あたしのこれー。耳かき！」

可愛いんですよっ、と細長い小袋を差し出される。

「どうもありがとう。これなんだ？」

「えーっと、お守り？」

お守りが耳かきなのかと思っていたら、中村と早瀬、色違いのお揃いストラップを携帯につけているのを見せてくれた。耳かきと同じ黒子みたいな人形がついている。

「ああ。これ、さるぼぼか。なんにでもお土産になるんだな。夏休み、ずっと地元に帰ってたのか？」

なんの気なしに聞いたら、思いがけない答えが返ってきた。

「こっちでも遊びたかったんで、二週間ぐらい帰ってました。ほんとは暑いし、八月中に実家に帰るつもりだったんですけど、なんか西山さんが八月にやる合コンに来るって聞いて、行きたくて九月にずらしたから」

もらったお菓子の箱を机に置こうとした手が止まる。

「西山が合コンに行ったのか？」

「そーなんです。それで西山さんのファンの子とか増えちゃって。うちらも人のこと言えないけど～。席が近かった子とか仲良くなってて、悔しいったら」

「ねー。西山さん、誘ったら来てくれるって噂、本当だったみたい。……藤堂先生は、学生と飲みにとか行きます？　ゼミコンパ、まだ一回もやってないし、どうですか」

「そうだね、ゼミコン！　出たい子だけで、少人数でもいいしっ。やりたーい」

顔色が白くなった藤堂には気づかずに、中村と早瀬の二人が盛り上がる。

「いや、俺は……。合コンとか忘年会とかは、また考えるけど、西山は俺と違ってまだ若いから、楽しいだろうな。合コンでどんな話をしてるんだ？」

一瞬、頭の中が真っ白になったが、なんとか平静を装って聞いた。

「どんなって、うーん…。西山さんが、学科の男子二人連れてきてくれたんですけど、女子のほうが倍くらい人数多かったんですよね。大学のこととか、うん……あんまり、普段しないようなこっそり話とか」

「個人的なこととかを話してる子もいたし～」

顔を見合わせて、二人がごまかすように言った。

「そうか」

中村と早瀬が研究室から出ていったのを確認してから、扉を閉めた。そのあと、藤堂は全身の力が抜けてしまったように、ふらふらとボロソファに座りこむ。

そして、ソファの背に寄りかかって手を頭の後ろで組んだ。

「………」

西山が、合コンに参加していると知って、ショックを受けた自分がショックだった。

「あー……」

肺から大きく息を吐き出し、それからうっすらと自嘲を浮かべる。

しばらく薄汚れた天井をにらんでいたが、頭の中を整理するために目を閉じる。けれど次の瞬間、集中を耳慣れたノックの音で破られた。

すっかり片野だと思って油断してどうぞ、と返事をした。ところが、扉を開けて入ってきたのは、なんとなく見覚えのあるスーツ姿の女性だった。その背後に片野がいる。

「藤堂先生、お客さん。下で聞かれたから、案内してきた」

「……彩加?」

「どうもお手数おかけしましたっ。ありがとうございました！」

驚きに目を瞠っている藤堂の前で、彩加が勢いよく片野に頭を下げる。

「どういたしまして、じゃあ僕はこれで失礼するので。……来客中の札かけとくよ。どうする、開けとく?」

片野が後半部分は藤堂に顔を向けて言い、指で扉を示した。

「いや、閉めておいていい。ありがとう」

扉が閉まるや否や、彩加がどーんっと藤堂の腕に飛びついてきた。

「始ちゃん〜っ」

ケンタの葬儀以来、およそ五年ぶりの再会になる。しかしそれをものともせず、彩加が悲鳴のような歓声を上げる。

「ちょっと、落ち着け。わかったから」

くすぐったい思いで彩加の細い身体を受け止めた。社会人になって化粧をしているせいか、見ないあいだにずいぶん大人びたと感慨深くなる。

内心ではとても驚いていたが、彩加の手を振り払えなかった。

藤堂の腕をギュッと掴んだまま、彩加が研究室の中をきょろきょろ見回す。

「すごーい！　なんかエライ先生っぽいね！」

「どうしたんだ？　急に来て……。大学にはいない日もあるから、俺に用があるなら、電話すればよかったのに」

藤堂は戸惑った表情で、十五センチほど身長の低い従妹を見下ろした。

「仕事で、近くまで来たから……」

さっきまでの勢いはどこへいったのか、彩加が小さな声でつぶやいた。

この春に就職して、現在は外回りの営業をしていると聞いていた。

「飲み物を用意するから、ちょっとそこらへん座って」

とりあえず片野のを拝借してコーヒーでも淹れるか、とそばを離れようとしたら、彩加が後ろを向いた藤堂のシャツを摑んだ。

「彩加？」

振り向くと、彩加の顔からいましがたまでの笑顔が消えていた。そして、歯を食いしばっていまにも泣き出しそうな顔になっている。

「……いまの嘘。今日は仕事、休みで……実は、謝りに来たの。会いたくないかもしれないし、もし始ちゃんに会えなかったら、このまま諦めようと思ってた。でも、声かけた人が親切だったから………それに始ちゃん、変わってないね」

相変わらず優しい、と濡れた目元を指で擦って小さく笑った。


俯いてぐずぐず鼻をかみ出した彩加をソファに座らせ、ティッシュを渡して落ち着かせた。彩加は昔からすぐに泣くが、泣き止むのも早い。

たまたま講義が入っていない時間帯だったので、藤堂はそれから一時間ほど、彩加と研究室で話をした。

「始ちゃん、うちの親のこと怒ってないの？」

懐いていた藤堂が突然出ていって、彩加はひどくショックを受けた。別れたとき、その理由を子供だった彩加には誰も教えずにごまかしたため、彼女は知ることがなかった。

それが今回、藤堂と結婚しろと言われて、初めて両親が藤堂の財産を使い込んだという事実を知ることになった。

「怒ってるよ」

「だったら、もっと怒ってるってわかるような態度とらなきゃ！　始ちゃんが真剣に怒ってるんだってこと、あの人たち全然気づいてないんだよ。しかも、話し合えばなんとかなる、あたしと始ちゃんが結婚したら、全部チャラになるって本気で思ってるんだもん！」

彩加が腹立たしげに言った。

そして彩加自身も、両親との関係はあまりうまくいっていなくて、ケンタがいなくなったあとに一時期反抗して、家出をしたこともあったのだと話した。

「あたし、親より始ちゃんのほうが好き。優しいおにいちゃんがいるって、ずっと自慢だったの」

それは幼稚園の頃から世話をしていた、藤堂への刷り込みなのではと苦笑した。

でも、好きだと言ってもらえて悪い気はしない。両親を亡くして寂しかった時期に、無邪気に懐いてきた彩加は手がかかったけれど、それで救われた部分もあって、いまでも保護者気分が残っている。

「それで、あの……いま」

彩加が少し躊躇して藤堂を見上げる。

「うん？」

「……始ちゃん、付き合ってる人いるの？」

とっさに頭に西山の顔が浮かんだ。

でも、どうだろう。少し前までは、西山と頻繁に会っていた。そんな気持ちも心の隅にはいくらかあったかもしれない。だが真剣な西山の告白を藤堂はいつも冗談でかわしていて、はっきりと話し合ったことがなかった。

それに、いまは西山と距離を置くつもりになっているし、西山は合コンなんかに参加しているのだ。女子大生に囲まれて酒を飲めば、さぞ楽しいだろう。

「いないよ」

否定の言葉を口に出したとき、心臓がキリッと痛んだ。

「そっか。始ちゃん格好いいから、モテるんだろうなって思ったのに」

「変わってるって言われて、そんなにモテないよ」

そう言うと安心したように、彩加が微笑んだ。

帰り際、彩加が首を傾げて尋ねる。

「始ちゃん、また会ってくれる？　今度はいきなり押しかけたりしないで、ちゃんと事前に連絡するから……その、あたしはあの人たちの娘だから、始ちゃんは顔を見たくない気持ちもあるだろうし、ごめんなさいって、あたしが言ってもどうしようもないけど」

表面的には親への不満を口にしながらも、彩加は両親が藤堂にした仕打ちを相当気に病んでいるようだった。かなり勇気を出してここに来たらしい。

「いいよ。俺は家族がいないから、彩加の結婚式には是非呼んでほしいと思ってる。彼氏ができたら紹介してくれ。ちゃんと彩加のことを大事にしてくれって頼みたい」

保護者ぶってそう伝えたら、彩加はみるみる複雑な表情になった。

「えー……」

「いやなのか？」

「そうじゃないけど。まあ、彼氏ができたらね！　いまいないけどっ。ずっとできないかもしれないし！　始ちゃんも、もしいい人ができたら、彩加に紹介してよっ。じゃあ」

早口でまくし立てて、彩加が手を振って帰っていった。

藤堂の前ではいつも、泣いて、笑って、怒って、くるくる表情が変わる。突風のようだ。

なんだか少しだけ、すっきりとした気持ちになった。

その日の帰り道。

ふと顔を上げると、空にきれいな夕焼けが広がっていた。水色と燃えるようなオレンジ色のグラデーション。壮大な美しさに圧倒されて、写真を撮りたいような、心に焼き付けておきたいような気持ちに囚われる。

一人でこの美しい光景を堪能《たんのう》するのはもったいないと思った。小さな幸せ気分を分かち合いたい。藤堂は服のポケットから携帯電話を取り出した。そして、西山に『空』と一文字だけの短いメールを送った。

※※※

水曜日。

廊下で見かけて片野を誘うと、今日なら飲みに行けるというので、メールの返信をするあいだ、研究室で少し待ってもらっていた。別所の件があったあと、なかなかタイミングが合わなかったのだ。ずっと気にかかっていたが、これで借りが返せる。

「今日、後期入って三回目の講義で、休み明けでぼんやりしてる学生もそろそろやる気になるだろって思ったけど、前期より格段に人が減ってたな～。プリントがかなりあまっちまった」

「前期の成績が悪くて、単位捨てたんじゃねぇの。真面目そうな学生ほど見切りが早い」

「そんなもんかね。始ちゃん、それ終わりそうか？」

「あと十分待ってくれ。それから始ちゃんって呼ぶなよ」

顔だけ片野に向けて言い返す。

彩加がそう呼んでいたのがツボに入ったらしく、片野が遊んで真似をするようになった。可愛い女の子に呼ばれるならまだしも、男の片野ではムカつく。

「あれ……。この本読んでんの？」

片野がにやにや笑いながら近づいてきて、机の上に出しっぱなしにしていたチトセ伊織の本を手にとった。

「ああ、それ、おもしろい」

西山の件があって複雑な気持ちにはなったけれど、本に罪はない。

好きな作風だったので、大学図書館で貸りられなかったぶんも含めて、新たに本屋で購入して読んだ。主な読者層は十代だと思うが、大人の藤堂が読んでもかなり楽しめた。

「ふうん…」

片野が意味ありげに笑って、文庫本をパラパラめくる。

「なんで笑ってるんだよ。俺がラノベを読んだって別にいいだろ」

「いいよー、そりゃ」

ほどなく仕事を終えて、パソコンの電源を落とした。研究室の鍵を持って出ようと片野に声をかけた。

「今日、誘ってくれてちょうどよかった。始ちゃんに話があったんだ」

「話？　なんだよ欣ちゃん」

嫌味のつもりでちゃん付けで呼び返してやった。

「飲みながら話すよ。ここではちょっとね」

先に出た片野は意に介さない顔で、藤堂が研究室の扉に鍵をかけるのを見守った。


大学からは少し離れるが、片野がたまに訪れるというアジアンレストランへ行った。雰囲気のいい店だ。入ってみると、外観から想像するよりずっと広く、席数がある。テラス席からは花の咲く庭を眺められるようだったが、片野の希望で空調の効いた屋内のテーブルに案内された。

適当に料理と飲み物を注文する。それから十分ほどで、新人なのかやや危なっかしい手つきで盆を持った若いウェイターが、あちこちにぶつかりそうになりながらビールとつまみを運んできた。皿やグラスをテーブルに載せるときにも、手がプルプル震えている。見かねた藤堂は苦笑して、自ら手を出してグラスを受け取った。

片野はそれまで携帯を操作していた手を止め、顔を上げた。

いったんお疲れと言って、片手でグラスを持ち上げてカチンと乾杯してから、また少し携帯をいじってテーブルに置く。

ビールをぐいっと呷ったあと、片野がおもむろに切り出した。

「西山を研究室から追い出したんだって？」

……驚いた。

「あいつから、そう聞いたのか？」

新学期が始まって、西山はやたらと忙しそうに動き回っていて、一週目は藤堂の研究室にもほとんど顔を見せなかった。だから、藤堂の手伝いをすることが負担になっているんじゃないかと感じた。もちろん、本人はそんなことを口にはしなかったが。

それで、そろそろ学生と誤解を受けるような接触を避けることに慣れてきたから、忙しいなら研究室には顔を出さなくていいと伝えた。

西山は一瞬なにか言いたげな顔をしたが、少し間を置いて苦笑すると「そうします」と答えたのだ。だけど、追い出したというふうに受け止められるとは思っていなかった。

「俺は追い出したつもりはない。あいつが忙しそうにしてたから……」

そのとき、藤堂は心のどこかで西山がそれでも手伝います、と言うのではないかと期待していた。

だがその日以来、西山は本当に研究室に来なくなった。そして廊下ですれ違うことも稀《まれ》なほど、会う時間も、回数も減った。新学期になってすでに三週間が経過している。

なのに、そんなにも忙しいのかと思いきや、教室の隅で学生と雑談しているのを見かけたりするのだ。合コンで打ち解けたのか、やたらと親しげな笑顔で話している。そんな西山の姿を見ても、藤堂から声をかけることはなかったが、内心ではおもしろくなかった。

あれほど俺のことが好きだって言っておいて……！

だらだら学生と雑談している時間があれば、電話の一本でも寄越してくればいいのにそれもない。完全な八つ当たりだとわかっていた。だけど、どうしようもなくイライラさせられた。

西山と一緒にいたら、彼までもを疑ってしまいそうな自分がいやで、自ら距離を置いたくせに、いざ向こうからのアプローチがなくなると焦るだなんて――そんな自分がひどく滑稽《こっけい》に思えた。

最初に西山の好意を知って、さんざん振り回したのは藤堂のほうだった。こうして距離を置くことで頭が冷えたのは、もしかしたら藤堂ではなく西山なのかもしれない。たいした見返りもなく、もういやになってしまったんじゃないだろうか。

……西山は別に女の子が苦手なわけじゃない。そうでなきゃ、こんなに女子学生の多い大学でアルバイトなんかしないだろうし、学生の面倒も見られない。

だから他の女の子と恋に落ちる可能性だって充分ある。

「けど、自分で来なくていいって言ったんだろう。それなのに、どうしてそんな凹んだ顔してるんだ」

反論できなくて、ビールを飲みながら藤堂が片野を黙って軽くにらみつける。

片野がおもしろそうに眉を上げて聞き返した。

「だいたい西山が忙しい理由、知ってるのか？」

「……女子大生との合コンに忙しいんだろ」

ふむ、と片野が牛肉と春雨のピリカラサラダを口にいれながら、さらっと言う。

「これ、美味い。……学生だけじゃなくて、教務課や学生課の派遣さんたちとも合コンしてるみたいだぞ」

余計な情報に、藤堂はさらにいやな気分になって眉を寄せる。手にしていたビールを喉の奥に流しこんだ。苦い。

「ああ、そうかよ」

それはますます楽しそうじゃないか。二十代同士、年齢も釣り合うだろう。

「藤堂先生は変わったよな」

「なにが」

「人の話を注意して聞くようになった」

セクハラ投書の件で、誤解や不快を相手に与える隙が自分にあったのだと、それまでの態度を省《かえり》みた。それからは、誰に対する言動でも気をつけるようになった。

「どういう意味だ？　俺、ちゃんと話を聞いてなかったか？」

「聞いてないってことはないが、興味のないことはかなり聞き流してたな」

くくく、と片野が笑いながら続ける。

「それに、いっつもポーカーフェイスだったのに、最近、弱ってるときは感情が少し顔に出るようになった」

　確認しようと藤堂は顔を手で触れて、そのまま少し考える仕草をした。

「……顔に出てるか？」

「気にするほどじゃない。学生には大丈夫だ。まあ俺は周りの連中が芸能関係が多いからな。そういう人間って、藤堂先生と同じで、あんまり思ってることを顔に出したりしないんだ。だから感情を読むのに慣れてるってのもある。舞台に立つために、心を切り替えるスイッチみたいなのがあって、『本当の自分』は消してても、いないわけじゃないから」

「役者って、気性が激しい人が多いのかと思ってた……」

「まあ若いときはね。でも人に見られて噂されて、評価される自分の立場に気づくと、一筋縄ではいかなくなるな。そういうやつほど内面はすごく繊細なんだ。感情的に振る舞わないことと、感受性が豊かかどうかってのは、また別の問題だしな。藤堂先生はまだ抑えすぎだ、もっと感情的になってもいい」

「それは彩加にも言われたよ。怒ってても怒ってるように見えないって」

「相手の感情がわからないと対処しにくくて、不安になるんだよ。それで、いまはなにを凹んでるんだ？　西山に来なくていいって言った自分に？　それとも、来なくなった西山に対して？」

「わかんねぇよ。凹んでる凹んでるって何度も言うなよ。余計凹むだろ。それに…」

「それに？」

「俺だって、西山がなにを考えてるかわからない」

「相手の感情がわからない状態で、自分の気持ちも伝えずに距離ができたのをほっといたら、そのまま疎遠になることだってあるぞ」

片野の忠告に、藤堂は口をぎゅっと固く結んだ。

知ってる。藤堂はこれまで大学院、バイト先、職場でも、ずっと人と深く付き合うことを避けてきた。だから、そうやって気づいたらいつのまにか来なくなっていたり辞めていたり、あるいは恋人ができたりで、なんとなく話さなくなっていった人間が大勢いる。

不精をして、ついには連絡をとることなく疎遠になってしまった友人や、知り合いに心当たりがあった。

西山とも、このまま疎遠になるのか……？

思考停止してしまう。疎遠になった状況がなぜか頭に浮かばない。西山がいなくなったら……どうしよう。想像もつかないほど、怖くなる。

「おい、いじめてるわけじゃないんだ。そんな顔するなよ」

どきっとする。藤堂は無理やりに微笑もうとして、失敗した。

片野が煙草に火をつけながらさりげなく口にする。

「自分から離れてほしくないって思ってんなら、それを口に出して相手に伝えればいいと思うよ。――それと、セクハラ投書の件、どこから噂が流れたのか目星がついた」

「えっ⁉」

信じられない、と目を見開いて片野を見る。

きっと次の投書があるまで、このまま事態は好転しないと思っていた。いや、よくない噂があること事体、好転のしようもないというのが正しい。
○○教授は実はカツラ、などという噂や、誰かが誰かと付き合っている、というような下衆《げす》な話題と、セクハラとでは問題の質が違うのだ。
「どうやって……？」

「地味な調査の途中報告だ。まだ確定じゃない」

「調査なんかしてるのかっ？」

「有志でな」

「有志って……片野先生が？」

「俺が一人でここまでできるわけないだろ。多少はそりゃ協力したけど、講師が学生の中に入るのは無理だ。とにかくまだ確定してないんだ、落ち着け。夏休み中に大学で会って話した学生がいるか？」

「そりゃ、何人かは顔を出してたし、話もしたが……」

「研究室じゃなく、図書館近くの池の前で話したのは？」

それなら思い当たる学生が一人いる。だが——。

「今井ゆき子と話した。でも彼女はそんな投書をするようなタイプじゃないと思うが…」

人を見る目に自信がなくなって、だんだん小さな声になった。

「まあ、とりあえず気をつけろ」

そこに、店のウェイトレスが西山をテーブルに案内してきた。

「お連れ様が来られました」

「……西山っ？」

「思ったより早かったな。さっきまだ大学にいたんだろう。おっ疲れさん！」

西山も藤堂の存在に驚いているようで、手を上げて一人明るく出迎えた片野の顔をじろりと見る。それから向かいの藤堂に視線を移した。

なにか言いたげな表情に見えたが、藤堂が先にフッと目を逸らしてしまった。なんだか目を合わせられない。

西山の前で気を抜くと、不安が顔に出てしまいそうだったのだ。必死に動揺を抑える。

「……こんばんは、どうも」

「挨拶なんかいいから、早く座れよ」

西山は片野に椅子を勧められておとなしく席に着いた。

「これ、メニュー」

西山の前にメニューを差し出して、藤堂は片野に小さく聞いた。

「……呼んだのか？」

「暇なら来いって言っただけだ。料理も追加頼めよ。ここは始ちゃんのおごりだぞ」

その瞬間、西山の肩がビクッとする。

「あの……」

西山が顔を強張らせてこっちを見た。

「いいよ、西山のぶんもおごるよ」

遠慮するなと藤堂が受け流す。いまはともかく、夏休みに入る前まではさんざん協力してくれたのだ。食事くらい何度だっておごってやる。

「ちゃんと出しますよ」

西山が少し怒ったような声で言った。

支払いなんかあとでどうとでもなる。そんなことより、この距離で声を聞くのも久しぶりだった。藤堂の横に西山がいるという状況に尻がむずむずする。

ここは藤堂の部屋じゃないし、二人きりでもないのだ。

どういう顔をしていたらいいんだろう、と困ってしまう。

「始ちゃん、ビールばっかであんまり食ってないだろ。美味いのに」

「どうぞ、食べてください」

西山が皿に盛られた肉料理を小皿に取り分けてくれて、藤堂の前に置いた。

「……ありがとう」

しかしなんだか、このテーブルの周りの狭い空間だけ、不穏な空気が流れている。

西山が来てから不自然なほど会話が減った。話しているのは片野だけで、藤堂はときおり相槌を打つだけだ。いつもは話すのが得意な西山も、なにかを思い詰めたような顔でいて、なかなか会話に混ざってこない。

そしてそれに気づいた片野が、途中で食べることに専念して、黙ってしまった。

シーン……。

僅かな沈黙もつらいと思っているところに、ウェイターが西山の頼んだビールとトムヤムクンを盆に載せて運んできた。このテーブルの担当なのか、またさっきの新人ウェイターだ。あんなにふらふらしてて大丈夫なのか、という藤堂の懸念《けねん》が当たる。

「ほかに追加、頼まなくていいのか？」

このついでにと思ってそう聞いた直後、ウェイターの持っていた盆が平衡《へいこう》を失った。

まるでコントのように、斜めになった鍋がスライドしてゴトッとテーブルの上に落ちた。

衝撃でその中身が三分の一ほど、藤堂の着ているシャツに派手にかかる。

「うわっ、アチッ」

「あー……」

「…っ、大丈夫ですか！」

三人同時に声をあげる。一番素早く動いたのは西山だった。

「あ、あッ、あの……申し訳ありません！」

青くなって突っ立っている店員を押しのけて、藤堂の服の汚れと火傷していないかを西山がチェックする。シャツをめくり、まだぼうっと立っている店員をきつくにらみつけた。

「服の下まで沁みてますね、少し赤くなってる。洗って冷やしたほうがいい」


すぐに店の奥から騒ぎを聞きつけた店員が飛んできた。

テーブルの上がひどい惨状になっていて、それを片付けるあいだ、藤堂はトムヤムクンスープのついたシャツを洗いにトイレへ立った。

一歩間違えれば気持ち悪い色のシミに、匂いがひどい。シャツを脱いで、おしぼりで先に身体の濡れた部分を拭いていると、西山が入ってくる。

「お店のシャツだそうですが、着替えをどうぞ」

「いいよ。それより、乾いたタオルを貸してもらえないか聞いてきて」

「タオルもあります。本当に大丈夫ですか」

洗面台の上にタオルとシャツを置いて、西山が心配そうに覗きこんでくる。藤堂を見つめる、いつもの優しい眼差しだ。

それにほっとして、頷く。

「うん？　そこまで熱くなかったから」

「よかった」

「……………」

「ズボンは？　汚れてる？」

「スープが跳ねてるかもしれないけど、わからないし、いいよ。どうせ食ったあとは帰るだけだ。………もういいか。これ以上拭いても、とれないだろうし」

あまり時間をかけても仕方ない、と石鹸でゴシゴシ擦っていた手を止めた。すっかり前半分ほど湿ったシャツを広げて、また着ようかどうしようか迷った。

「このあと、一緒に帰りませんか」

西山がすぐ横に立って言った。

「会うのは少し久しぶりですね。俺は毎晩、あなたの夢を見てますが」

「……………」

以前と変わらない、優しくて甘い西山の声。

それに胸がぎゅうっとせつなくなって顔を背けると、西山が藤堂を両腕のあいだに挟むようにして洗面台の横の壁に手をついた。

「そんなに、俺と話すのはいやですか」

「え?」

「片野先生に宗旨変えしたい?」

皮肉混じりの声に、西山の顔を見る。

「なにを言ってるんだ」

「それともあれが最後通牒《つうちょう》ですか」

西山がなにかを堪えるように口元を歪めた。

「あれって?」

「片野先生ですよ。始ちゃんなんて呼ばせて……俺が電話しても出てくれないくせにっ。しかも楽しい食事を俺に見せつけるみたいに、そんなふうに俺を苦しめておもしろいですか!」

西山が激昂《げっこう》して叫んだ。

「なに言ってんだか、全然わからねぇのはこっちだ! バカッ」

その迫力に負けじと怒鳴り返す。優しかったり黙ったり、急に叫んだり、なんだよ。なんだかむちゃくちゃ腹が立っていた。うまくいかない、自分たちの関係に。

お互いにはぁと息をついて、見詰め合う。十数センチの距離。

シャツを手にしたままムッとした顔で、藤堂は西山をにらみつける。そして自分から顔を近づけて、さっき悪態をついた唇でキスをしてやった。

すぐに主導権が西山に移り、貪るような深いキスになる。

「……んっ……ぁっ…」

舌を入れられても逃げずに応えた。西山が昂ぶる感情を持て余しているのが、熱い唇から伝わって、いとしさが胸にこみあげる。

西山が壁から手を離して、藤堂を強く抱きしめた。

「……あなたを、このままさらって帰りたい。誰にも渡したくない」

――さらわれたい。

そう、思った。


運転手にはさぞ迷惑なことに、帰りのタクシーの中は修羅場《しゅらば》だった。

二人でどうしたらいいかわからなくなったタイミングで、店員が心配して様子を見に来た。とにかく自分のシャツを着てテーブルに戻って、片野の興味津々な視線を感じながら、表情に困って能面のような顔で飲んで食べて、会計はきちんと支払って店からクリーニング代を受け取った。そしてタクシーの中だ。

乗り込んだときに、あとから座った西山がシートの上で手を重ねてきた。逃亡防止かと思ったけれど、逃げようがないに決まってる。その手を、藤堂は振り払わなかった。

西山は片野からメールで『藤堂先生のことで話がある』と呼び出されてきたら、当人がいたということらしい。

「片野先生とは、別所さんとの件で仕切り直しをしてなかったから、食事に行っただけだよ。それより、電話に出ないってなんだよ。西山がかけてこなかったんじゃないか！」

まず、ひとつひとつ疑問を片付けようとした。

「メールくれたとき、かけたじゃないですか。夕焼けが見えるって教えてくれたんでしょう。すごく嬉しかったのに、出てくれなくて」

「……メール？」

空、と一言送ったメール。たしかにあのあとすぐに西山から電話があったが、西山への疑いが湧いて頭が混乱していて、合コンに参加したなんて聞いたあとでショックで……。

「………そのとき、一回だけだろ」

「メールの返事がないのはいいですが、電話に出てくれないのは傷つきます。旅行をキャンセルされたあとだったし」

「俺だって傷ついてる。おまえが俺に嘘をついたんじゃないかって……！」

疑いたくないのに、責めたくないのに、こんなことを言わせる西山が憎らしかった。

藤堂はいままで一度も、こんなに感情を剝《む》き出しにして相手を責めたことはない。

「……嘘？　なんです？　俺があなたに？」

重ねた手に少し力をこめられ、藤堂は無理やり手のひらを返した。西山にしっかりと指を絡めて、引っ張り合うようにぎゅっと握られる。どちらの手も熱を持っている。

「チトセ伊織の本を読んだ」

西山の目に、僅かに動揺が走ったのを見逃さなかった。

「読んだ？　どれを？」

「全部」

子供の頃から本が好きだった藤堂の読書量は半端ではなく、読むのも速い。

西山はあーあ、という顔をした。やっぱり心当たりがあるのだ。

「いやまぁ、そっちは別にどうだってよかったんですけど。……ああ、それでなにか態度がおかしかったんですか？」

「だっておまえ、話……」

そうか、とつぶやいた西山がシートにもたれて、深く息を吐き出した。

「ちょっとアレンジするくらいじゃ、手抜きしすぎましたね。あなたが可愛く、もっと話せって強請る顔が見たくて」

「……捏造だって言ったくせに」

「どっちにしろ、捏造には違いないですよ」

「作者に失礼だろ？」

内輪だけならまだしも、もしほかの場でも西山がそういうことをやってしまったらと心配になる。教育者としては看過《かんか》できない問題だ。

「だから失礼もなにも、作者は俺です」

話がちっとも嚙みあわない。

「……だからそれが、もとの作者はチトセ伊織だろ？」

嚙み砕くように言ったら、西山が真面目な顔して、はい、と頷く。もしかして。

「おまえ……が、チトセ伊織？」

「ええ。嘘じゃなくて、秘密ですね。タイミングを見て、いずれ話そうとは思っていたんですが」

「――俺を不安にさせるなっ！」

気づくと、思い切り怒鳴っていた。

めちゃくちゃ自分勝手だってわかってる。でも、止まらなかった。

「言っただろう。俺は疑り深いんだって……」

自分でもいやだと思いながら、弱りきった声を出す。

「あなたがもし傷ついたら、慰めるのは俺だって言いましたよ」

西山が強い声で言った。

そして、握っていた手をくいと引っ張って親指を撫でた。

「もうすぐ、あなたのマンションに着きます」

西山も一緒にタクシーを降りた。

清算の際、運転手に多めに札を渡して釣りはいいと告げると、ものすごい急発進で走り去ってくれた。

※※※

エレベーターの中では口を開かなかったが、その代わり、西山に自分の気持ちをどう伝えたらいいか、何度もシミュレーションしていた。

靴を脱ぐのももどかしく、家の中に上がって廊下とリビングを仕切るドアのあたりで、西山が背中から抱きしめてきた。

「俺はあなたをちゃんと特別扱いしてませんか？」

振り返ってみる。

……たしかにそういう意味で、藤堂に対する西山の態度に気持ちを疑うような曖昧さはなかった。勝手に疑って、勝手に不安になっているだけだ。

「そうだが、おまえ……女子大生との…合コンに……行ってる、じゃないか」

西山が一瞬、言葉に詰まった。それから苦笑する。

「いましかチャンスがないので、すみません」

そりゃ、若い男だし、それくらいの遊びはしたいだろう。

藤堂は唇を噛んで俯いた。

「……だだっ子みたいなことを口にしてるって、わかってる」

藤堂が恋愛なんてしたら、ずぶずぶ深みに嵌ってしまう気がした。

もっとクールにスマートに振る舞いたかった。西山にこんなふうに、気持ちをぶつけるつもりはなかったのに。

こんなのは自分じゃない。

「……ああ、もしかして合コンで俺を疑ったってことですか？　ないですよ、疑われるようなことはなにも。俺はあなたしか見てませんから。ほかには？　気になることがありますか」

「だっておまえ……研究室に来ないし」

西山はすみません、時間がなくてとまた謝ってくれた。

悪いのは西山じゃない。来なくていいと藤堂が言ったのだ。

「いいんだ。なんでも言ってください。疑り深いってことは、それだけ俺のことを信じたいんだってことでしょう。もし不安になったり、俺を疑ったりするようなことがあったら、怒って避けたりなんかせずに俺に全部話してください。そしたら不安なんかなくなるくらい、うんとたくさん愛してあげるんで」

「……………」

「バカみたいって思ってます？　これ、恋人同士の普通の会話ですから、誰も見てない二人っきりのときは、だだっ子になって甘えていいんですよ」

「……そうなのか？」

いつのまに恋人同士になったんだろう、と思ったけれど野暮《やぼ》なつっこみはしないことにしておいた。いま、この特別な感じの空気を壊したくない。

西山が藤堂を正面に抱きしめ直した。

「こうして抱きしめてると落ち着くし、気持ちいいでしょう」

藤堂はそうだな…と小さく頷く。

告白を有耶無耶《うやむや》にしてるうちに、西山が隣に居座り、そこにいるのがあたりまえみたいになっていた。年下の恋人に甘やかされて気持ちいいと認めるのは癪《しゃく》だが、意地を張るのに疲れてしまっていた。

西山の身体、その匂いと腕の強さ、耳元でささやかれる声に安心していた。

「俺もすごく気持ちいい。だけど店のトイレからずっと、あなたにドキドキさせられていて、もう大変なんです」

西山が藤堂の髪を撫でてキスしてくる。

どこが大変、とは具体的に言わなかったが、わかってしまってふっと笑った。

藤堂は西山の肩に頭を擦りつけた。

「西山、好きだ……」

自然と想いが口から零《こぼ》れていた。

「やっと言ってくれた。……俺はあなたのことがめちゃくちゃ好きでたまらないんですよ。だからそうかなって思う瞬間があっても、電話に出てもらえないとあなたの興味が俺から逸れたんじゃないかって、なんとか挽回したくて、焦ったんです」

めちゃくちゃ嬉しそうに、西山がふわりと笑う。そしてもう一度言ってください、と強請られる。

「駄目」

短く返した藤堂は、困った顔をした西山を見つめる。

恋人だ。西山が自分の恋人――。

急にそれを実感して、胸の動悸が治まらなくなってしまう。

「……ははは…」

照れ隠しに笑ってごまかす。

「俺がどれだけあなたのことを好きかって、言葉だけじゃとても伝えられない」

「ん…」

甘えるように鼻先だけで返事をした。身体の力がくにゃりと抜ける。

片野には今度会ったらからかわれるかもしれないが、いまは西山の言うように誰も見てない。そのとおりだ。甘えたっていい。

西山が藤堂を腕に抱え直して、ソファに連れていってくれた。

「その眼鏡、大学ではずっとかけててください」

「前は外してるほうが好きだとか言ってなかったか?」

「やっぱり他の人には、あなたの素顔を見せたくない。俺と一緒にいるときは、あなたの眼鏡は俺が外してあげます」

「……なんだ、その――」

可愛い理由は。不覚にもちょっと恥ずかしくなってしまった。

「目元赤いですよ?」

「うるさい」

西山が眼鏡を外してくれて、赤くなった目元や額にチュッとキスをした。六つも年下のくせに、藤堂を甘やかすのが上手くて悔しい。

「……なんか、俺、おまえを困らせたいって思う」

思っているだけだったのに、無意識に口から出ていたらしかった。

「あなたが俺を困らせたい、って言うのは、俺をあなたに夢中にさせたいってことと同義語だと思いますよ」

言われてみれば、そうかもしれない。

「とっくに夢中ですが」

「……」

「俺だって、あなたに夢中になってほしい」

「もう、しゃべらなくていい……」

瞼を閉じると、激しいキスが落ちてきた。

西山が藤堂の汚れたシャツを脱がせて床に投げ捨てた。それから誤解してさんざん振り回したバツの悪さもあって「やりたいようにやっていい」と言った藤堂に「後悔しますよ」とニヤリと笑った。

シャワーくらい、と思ったが「もう我慢できない。どうせあとで洗うし、いいです」と言われると従うしかなかった。たしかにあとでもおそらくシャワーを浴びることになるだろう。

ソファに浅く腰掛けさせられて、ズボンをふくらはぎまで落とされた。下着も。西山の前にいっきに肌を晒すことになった。

「もっとよく見せて」

しかもぐい、と膝を広げさせられて両足のあいだに西山が跪《ひざまず》く。そして躊躇なくそれに手を添えて、顔を近づけて口に含んだ。

男にフェラチオされるのなんか、初めての経験だった。

「……………んっ、ぁ……」

舌と手を駆使して、西山に巧みな愛撫を施される。その場所だけでなく、西山の舌や手が内股をくすぐるように撫でても、ヒクッと痙攣したような反応を返してしまう。太腿だけでなく膝の裏も、触れられる場所すべてがくすぐったくて、もどかしくて、たまらない。

「あっ……ん、ぅ…」

しっかり感じているのを隠せなくて、その上に、目だけでなく手や舌でも味わわれているのだと思うとくらくら眩暈がした。必死に声を殺し、喘ぎを漏らす。

藤堂のものを舐めしゃぶっている西山の顔が興奮で恍惚《こうこつ》としていて、それがとんでもなく色っぽかった。自分も……そんな顔をしているのだろうか。

「アッ…!」

根元のふくらみをきつめに揉みしだかれて、思わず腰をせり上げようとしたがかなわなかった。西山の体液と、先走りの蜜が混ざり合ってクチュクチュと卑猥《ひわい》な音をたてる。

何度も丁寧に舌を往復させて吸い上げられ、すっかり硬直してしまったそれを「可愛い」と言って西山がいとおしそうにキスをする。

「も、もう――っ」

「いいですよ。イッてください」

「ンッ、ぁ……手で…」

腰が跳ねる。咥えた口を離せと言いたかったが、西山が首を振った。

「バカ……っ、う……ぁ……あっ、あっ……ッ」

追い討ちをかけるように強く吸い上げられる。西山の腕に足が拘束されていて、藤堂は逃げ場のないまま西山の口の中に精を放ってしまった。

しばらく上気したまま放心状態になる。

視線を落とすと、西山が口の中に受け止めたものをゴクンと飲みこんだ。

「そんなもん、飲むなよ。信じられねぇ…」

「あなたのは苦くない」

「嘘つけ……」

脱力する。飲んだことなんかないから味なんてわからないが、美味しいわけがないだろう。

「お願いがあるんですが」

「……なんだ」

「俺のにゴムつけてください。もう勃ってるんで、そのまま」

「なんだよ、自分だけ……」

「中で出されたいですか。無茶しますよ」

つい想像してカァッと顔が熱くなる。

ベッドに移動し、言われたとおりに大きく反り返った西山のものに渡されたコンドームをかぶせて装着した。先端に軽く口をつけようとしたら「いいですよ」と頭を撫でられた。

「あなたと会うとき、気持ちが先走って、いつも五個くらい持ってきてしまう」

そんなにいらないだろ、とか。先走ってるのは気持ちじゃなくて身体だろ、とか。文句はいろいろあるものの、西山の欲情して期待に満ちた眼差しに気圧《けお》され、黙ってしまう。

「手をついて、膝痛くないですか」

西山が裸に剝いた藤堂を四つん這いにならせた。尻を高く突き上げるような格好をさせられる。唾液で濡れた指が一本挿入され、藤堂は背をしならせた。自分でもよくこんな格好ができると思う。……西山だからだ。

「………ぁ」

「これは入りますよね。俺があまり持ちそうにないんで、どうしても駄目なら言ってください」

中を探る指の感触が気持ち悪いのと、気持ちいいのが両方混ざった感覚に襲われる。何度か出し入れされているうちに、そのリズムがつかめてきた。

「…抜くとき、ちゃんと締めてますよね。すげ……」

「……バカ…ッ……な…こと…言うな！」

指が二本に増やされて、中を掻き回されるのが苦しくなって藤堂はハァハァと声を荒げた。背中に西山の荒い息遣いが伝わる。でも、その代わりにまた別の重く痺れるような疼きが腹の底に生まれていた。

窄まりの内側に指をめりこまされ、藤堂はシーツに顔を押しつけて堪える。

「すいません」

ぬちゃ、という感触がしたと思ったら西山がそこに舌を使って唾液をたっぷりまぶしていた。親指と人差し指で狭い窄まりを広げられ、尖らせた舌が差し込まれる。

「…………なにすッ…………ッ…」

暴れたくなる気持ちを必死に抑える。ふるふると腰が震えた。

やっと舌が抜かれた、と思うと今度はもっと大きくて硬いものがそこにあてがわれた。

「……う、ッ」

強引に先端部分を突き入れられて声にならない悲鳴を上げた。すぐさま西山が落ち着かせるように何度か背後から手を回して抱きしめてきて、その体温と腕の強さに恐怖が少し薄れる。浮いた汗で合わさった肌が滑った。狭い場所をズズッと少しずつ押し進められ、藤堂はその圧迫感に声を漏らしてすすり泣いた。

「あ……ッ、どの、くらい……」

「まだそんなに……半分も挿《はい》ってないです…ぅッ」

胸の奥で息を詰めたような西山の声もつらそうだった。

「嘘だ……ろ?」

こんなに熱くて大きなものが自分の身体に挿入されているのに、まだ半分だなんて冗談じゃない。

「嘘です、もうちょっと…」

「西山…ッ」

ふざけるなと怒ると、背中にキスされた。直後にまたぐっと押し入ってくる。

「ああッ……ンッ」

藤堂の身体を愛撫していた手を離して、西山が結合している部分に手を添えた。もっと奥まで、挿ってくる。

「膝を…もっと深く曲げて、拡げて……そう」

「………んんっ、あぁ……は…っ」

慣れない痛みと怖さで逃げ出したかったが、それが西山のものだとわかっているからなんとか耐えられた。

「全部挿りましたよ」

そう言って、動こうとした西山に「よせっ」と怒鳴った。僅かに身じろぎされるだけで、

もう限界だった。

「動いちゃいけないんですか…？」

「だ、駄目だ…！」

西山がなにかしようとするたび、いやだやめろとシーツを叩いて暴れた。動けば自分もきついし、衝撃が身体の内側で存在を主張しているものからも伝わってくる。西山の興奮を身体で感じた。宥《なだ》めるように内腿に触れてきた西山の手が汗で滑る。

「すげ、きつい……」

動きたくて仕方がないのがひしひしと伝わってくるが、ねぇ、と何度も懇願してくる西山に頭を振って堪えてもらった。

「もうちょっと、駄目だ…って、アッ」

前に回された西山の手が萎《な》えている藤堂のものに触れてきた。その拍子に軽く腰を揺すられて藤堂は色気もへったくれもない悲鳴を上げる。

「あッ、バカッ、くそぉ……っ」

西山に中で動かれると、ずずっと内臓を押し上げられる感覚がしてゾクゾクした。慣れないし経験したことのない、未知の領域だ。

荒い息遣いが肌に落ち、舐められる。どこもかしこも性感帯になってしまったように、触れられるたび、髪がかすめていくたび、肌の表面をくすぐられるようなぞわっとした感覚が生まれて身悶えた。

「ごめん、顔見たい…」

途中で挿入が抜けないように気をつけて、ゆっくりそろそろと向き合う形に体勢を変えた。この状態で顔なんか見られたくなかったが、西山がどんな顔でいるのか知りたくて拒めなかった。

西山は獲物を巣に持ち帰った肉食獣のように、肩やわき腹、胸、腕の内側などあちこち舌で舐めては満足に動けないうさを晴らしているようで、次第に藤堂は感じて声を上げていた。

「……んっ、ぁ…ッ」

じっくり火で炙《あぶ》られて肌がチリチリと焼けていく気がする。熱くて苦しいのにもどかしくて、もっと触られたくなった。裸を晒すのにも勇気がいったが、感じている顔を見られるのはさらに羞恥が強い。

「感じてる?」

「ん…」

「唇が……噛み…ました?　赤い…」

堪えているのか、西山の声はささやくような吐息だ。

下唇を舌で舐められて、やわらかな唇に挟まれる。息をするのが少ししんどかったが、西山のそいうキスは気持ちよかった。頬や首筋にもキスされて、うっとりと目を瞑る。だいぶ下半身の感覚にも慣れてきた。

「ねぇ、ちょっとだけ…動くの我慢してくれませんか……？」

何度目かの苦しげな訴えに、ようやく藤堂が頷いた。

挿入されてからの時間をやけに長く感じたが、西山はもっとだっただろう。

西山が静かに律動を開始した。

「………あぁ…、んっ、んッ」

身体の内側の西山の存在感が大きすぎて、浅いピストンでも、息が激しく乱れた。腹までいっぱいになる気がして、おかしくなりそうだった。

「あぁッ、はぁ………ン――ッ！」

目に生理的な涙が滲んだ。わき腹を撫でられて悶え、西山のものが引き出されるとさみしく感じて、徐々に深くなっていく挿入の繰り返しに、そこが熱をもって溶けていく感覚がした。熱くて熱くて仕方ないのに、ズクンッと得たいの知れない快感に襲われる。男に深く貪られて、ぎゅうっと抱きしめられることが気持ちいいと思ってしまうことが怖かった。無意識に西山の腕に縋りつく。

「……も…ッ…、西山…っ…」

藤堂が悲鳴のような声で名を呼んだ直後、西山が自分の中でイッたのを感じた。


もういい大人なわけで、あんなことで泣いて叫んで暴れたりするわけないと思っていたが、案外、藤堂にとっての甘えるとはそういうことだったらしく、わりと長いこと西山に挿入したまま我慢させてしまった。

最後には困りきった西山に懇願された初体験は長くかかった。なんか男同士のセックスってやけに大変なんだなという感想で、シャワーを浴び終わったときには、お互いひどくぐったりしていた。

「限界まで愛を試されてるのかと思いましたよ」

本当に、試したつもりはなかった。少し困らせたいとは思ったかもしれないが。

「いいだろ、出したんだから」

無茶をするだなんて言ったくせに、西山はかなり紳士だった。それを聞いてみると、あっさり「あなたとしたいことがいっぱいあるのに、初めてが悲惨で次からいやがられたら困る」と言われて、額にキスされた。

「……もう一回、やります?」

「駄目。今日はもう疲れた」

「挿れなかったら、触っていいですか」

「……うん…」

なんだか心身ともに満たされて、ぼーっとしていた。

西山がやわらかな肌触りを堪能するかのように、首筋、肩、胸、腹と順番に撫で回していく。シャワーのときにもさんざん触っただろ、と少し笑ってしまう。

ふと思いついて、恋人が満足するのを待たずに、藤堂は横から伸ばされていた西山の手を引っ張って、自分の腹の上に倒れこませた。

上半身を少し起こし、西山のしっとりとした髪を撫でる。形のきれいな耳は手触りもよくて、藤堂のお気に入りだ。

「なんですか?」

西山がくすぐったそうに身じろぐ。

「今度は俺の番」

「……本当は、もっとあとに言おうと思ってたんですが、あなたは秘密も苦手なようなので、話しておきます」

西山が身体をひねって起き上がる。藤堂の横に座って、手をとると指先にキスをした。

「なに……」

あれ以上の秘密があるのか？

「俺が本を書こうと思ったきっかけは、あなたです。一度目も、二度目も」

藤堂はわけがわからない、という顔をした。

「園田白扇、ご存知ですよね」

「ああ」

「俺の父です」

三十秒ぐらい、考えた。

「…………えっ？」

「遺伝かどうかなんて知りませんが、俺は小さな頃から話を考えるのが好きだったので、作文コンクールでは毎回入選してたんですよ。書いた出来事とか、けっこう作り話だったりしたんですけど。だけど父に引き取られて、周りの人間が父のようになるのを俺に期待しているのだとわかって、反発して書かなくなった。最初に自暴自棄になりかけていた俺を救ってくれたのはあなたです。園田の屋敷で会いました」

「俺が園田先生のお宅に伺ったのは、もう十年以上前だぞ」

当時、三笠教授が園田先生と親交があり、藤堂がファンだと知っていた。それで用事を頼まれたついでに、一度だけ挨拶をさせてもらった。

広い庭のある屋敷で、そこで男の子と話した。しかし記憶にあるのは、もっと小さくて神経質そうな子供だったように思う。

「あれから育ったんですよ」

藤堂は西山をまじまじと見た。これが、あのときの子供？　育ちすぎだ。

目を丸くするとチビだったんで、と西山が苦笑した。

「あなたが中学生だった俺に言ってくれたんです。なにを書いても自分で考えたものは必ず人と違うものができるよ、俺の書いた話は俺だけのもので、父親の書いた話には絶対に似ないから大丈夫だって。同じものを期待されているのがつらかった俺にとって、違って当然だと言ってもらえただけで心が軽くなった。それなのに、俺にそう言ったあなたのほうがなんだか苦しそうだった」

少年と話したのは、藤堂が叔父に裏切られて別所とも不仲になったあとだ。

「あなたは十二年前も、再会してからも苦しそうに見えたんです。ほうっておいたら一人で、なにかあるたびにつらい道を選択していく気がする。だから、せめて俺の腕の中では楽に呼吸ができるようになってくれたら嬉しい」

「それで、運命だなんて言ったのか……」

ようやく合点《がてん》がいった。

「あれ、それじゃあ……」

「園田千歳は俺です。それが、もうひとつの秘密。……そして、あなたが注目してるけど二作目が出ないって言ってくれたんで、いま頑張ってるんです。本当は父ももういないし、あの名義では書かなくていいかと思ってたんですが……。あなたが好きならやってもいいと思って、執筆中なんです。本になるには、もう少しかかる」

「……それ、矛盾《むじゅん》してないか？　俺が西山が誰かに似なくて、何者でもいいって言ったから好きになったんだろう？」

「あのね、とっくに理屈なんかぶっ飛んでますよ。俺はあなたに恋をしてるんです。愛してるから、あなたの気を引きたい。そのためならどんなことだって努力しますよ」

「ほかに秘密はもうないか？」

疑り深い藤堂がしつこく聞くと、西山は笑って恋人の鼻先にキスをした。

「ないですよ。忙しいのはもう終わりました？　手伝えなくて申し訳ないですが、都合が合うなら温泉に行きませんか」

「いま忙しいのは西山だろう？」

「そうですね、時間がなくてかなり焦ってるんで……。でも温泉は行きたい」

「執筆が進まなくて？」

「犯人捜しですよ、セクハラ投書の。俺がいなくなるまでにケリをつけたい」

二重の意味で驚いた。言われてみれば、学生の中に入っていって調査できるのは西山だけだ。大きな思い違いをしていた。

「それで、俺のために合コンに出てたのか？」

「いまさらなにを言ってるんです。無実を証明しましょうって言ったじゃないですか」

やばい。感激してしまった。それをごまかすために藤堂は大きく咳払いする。

「いなくなるっていうのはなんだよ」

「産休代理の一年契約なんで、十月末で俺の勤務は終わりです。俺がもうすぐ辞めるからっていうんで、みんな多少口が軽くなってくれて助かりました」

どうやら計算をし尽くしての行動だったらしい。

……そういえば、そうだった。知っていたはずなのに、余裕をなくして考えられなくなっていた。

「俺がいなくなったらさみしいですか」

「……うるせぇよ」

「あなたは本当に可愛いですよね、耳が真っ赤だ」

だけど調査しているのが西山なら、と思って片野の話を確認してみた。

どうも片野は西山がチトセ伊織であることを知っていたらしく、ほかにも何人か、大学内で西山の正体を知っている教員がいるんだという。

「だけど、俺は犯人は今井じゃないと思うんだ」

そう言ってみると、西山もそうですね、と頷いた。

「もとネタは彼女かもしれないですが、ああいう噂にしたのは尾ヒレにしちゃやりすぎだ。本人がやるかなというところもあるし、まして、二度も似た内容で投書なんか……関係者しか無理ですよね」

難しい顔をして、西山がしばらく考えこんだ。

※※※

その二週間後、セクハラ投書をした犯人が判明した。

藤堂を陥《おとし》れようとしていたのは今井ではなく、三森だった。

二人は地元出身の内部進学組で、過去に中学や高校でも同じようなトラブルがあったことがわかった。あとから聞いた話では、今井や三森だけでなく友人たちも巻き込んで、それはひどい修羅場になったそうだ。

三森は昔から幼馴染の今井に対して執着していて、今井が誰かを好きになるたび、陰で邪魔をしていたらしい。

藤堂自身、うっすらと今井の好意を感じてはいたが、そこまで真剣なものだとは思っていなかった。結局、西山が謝罪文を書かせて学長に報告をして、騒ぎは終了となった。

三森には一週間の停学処分が下された。そのあとはまた普通に大学に来ているし、ゼミをやめることもなく、今井とも再び一緒にいる姿を見かける。

女の子の気持ちがまったくわからない、と思った。不思議だ。

十月に入って、西山は前にもましてあちこちの飲み会に引っ張りだこで忙しくなっている。そのほとんどが有志で企画してくれた送別会だというので――ただの名目だと思うが――藤堂は気に入らなくても行くなとは言えなかった。

しかし、西山はそんな藤堂の気持ちに気づいているのか、飲んだあとはまっすぐ藤堂の部屋にやってくる。そしてなぜか西山が受け取った送別の花々が、藤堂の部屋に飾られる。

「藤堂先生はなにかしてくれないんですか」

暗になにを要求されているのかはわかっていたが、わざとずれた答えをする。

「……俺とも別れるつもりなのか？」

「じゃなくて、慰労会です！」

むきになって西山が言い返してくる。藤堂はしばらく笑っていたが、やがてパンフレットの束を差し出した。

「温泉、冬休みにしよう。どこがいいか選んでおいてくれ」

「あなたと一緒ならどこでもいいですけどね」

受け取ったパンフレットを楽しそうにめくっていた西山が顔を上げて、大学を辞めるのにひとつだけ心残りがあると言った。

「……俺以外に？」

プッと西山が噴き出した。

「そうです、あなた以外に」

なんだろう、と思っていたら西山が唐突に立ち上がった。

「すいません、一度部屋に戻っていいですか」

「帰るのか？」

「一時間くらいでまた来ますけど……一緒に来ます？」

藤堂はまだ一度も西山の部屋に入っていない。散歩がてらついて行くことにした。

信号待ちで、西山が聞いてきた。

「ねえ、別所先生にやり返したりはしないんですか」

納得がいかないと藤堂以上に憤った顔をしている。

「それが心残り？」

「そうです」

「――忘れる。くだらない相手と同じところまで落ちたくはないし、せいぜい今度会ったら『誰でしたっけ』って言うぐらいか」

そのときは、思い切り冷ややかに言ってやる。

いつまでも悔しさに心を囚われていることのほうがずっとバカらしい。

「まだ講師やってるんですか、って聞くとか？」

「……それもいいな。出世欲はかなりある人だし、俺が先に准教授になって、内心じゃさぞ焦ってるだろう」

京都で会ったことは、西山には話さなかった。この業界で仕事をしていく限り、どうせまたどこかで会う可能性が高い。

「でも、いいんだよ。あの人より、いまは俺のほうが幸せだから」

プライドのために人を裏切り、嘘をついてまで見栄をはる——彼のようには生きたくない。

「幸せなんですか。あなたはときどき、さらりと殺し文句を言ってくれますね」

嬉しそうに笑った西山に聞き返される。

藤堂は黙って西山の足を蹴って、ふいっと顔を背けた。


「一時間だけって、忘れ物かメールチェックか？」

大股で歩く西山について行って、部屋の廊下で聞く。

「この数日、相手をしてなかったら、今朝出かけるときすげー騒いでて……」

一時間だけ出してやろうかと思ったんです、と言いながら室内に案内された。

そこにはあの日、西山に預けてしまった水色のセキセイインコがいた。真新しい鳥カゴに入れられて、ややふてぶてしくなったようにも見える。

西山の帰宅にピィピィ大騒ぎだ。

「あのまま、警察で処分されたのかと……」

「ああ、電話で警察に確認したら、飼い主が探してるかもしれないというので保護してもらったんですが、結局、飼い主が現れなかったようで引き取りにいきました」

なんとなく、もうあのインコの消息を知ることはできないんじゃないかと落ち込んでいて、こんなふうに再会できるとは思わなかった。

カゴの扉を開ける。インコがチョコンと首を外に出して左右を確認し、羽ばたいた。

「こいつは、いつもいつも俺の頭をトイレにしやがるんですよ」

「ははは！」

想像して笑ってしまった。

棚の上からインコが飛んできて藤堂の右肩に乗る。つぶらな瞳は変わらず、小首をかしげてキスするみたいに頬をつついてきた。ちょっと痛いが元気なんだと安心する。

「なんだこの仕草、異常に可愛いな……。こいつの名前は？」

「つけてないです」

「なんで？」

「あなたにつけてほしくて。ペットに名前をつけたら情が移るでしょう」

もう生き物は飼いたくない、と思っている。だけどこれは西山のペットだ。情が移ってもかまわない。

「……考える」

「そうしてください」

「ところでインコって耳あるのか?」

小さな丸い頭を見て、ふと疑問に思って聞いたが、すぐに愚問だったと反省した。ないわけがない。

「ありますよ。出っ張ってないのでわかりにくいですが……こいつ、出したらなかなかカゴに戻らないんですよね」

西山が鳥カゴを手早く掃除して餌と水を取り替える。

「出しておいてやれば?」

「ほっといたら壁かじるんです。……そいつ、俺の肩には乗らないんですが」

インコが再び羽ばたいて、今度は西山のほうへ飛んでいく。そしてよろっと西山の頭に着地した。高い場所から見下ろしてなにやら得意げだ。

「ほらね———そこでトイレすんな!」

あとがき

こんにちは、はじめまして。宇宮有芽と申します。

この本を手に取ってくださってありがとうございます。なんと、この本で十冊目になります。超スローペースですが、こんなに書き続けられると思っていませんでしたので、とてもうれしいです。ミラクル！

さて、ツンデレ藤堂とまっしぐら西山はお気に召していただけたでしょうか。

個人的に攻の眼鏡が好きなのですが、それを人に話すとほぼ必ず「受の眼鏡は？」と聞き返される。そんなわけで、今回は藤堂に眼鏡をかけてみました。なんとなくツンに少し可愛げが足された感じがします。それに宝井先生のイラストが！　もうもう、眼福ですので皆様も眼鏡を堪能してください。ムフフ。

西山は、頑張って攻をしゃべらせようキャンペーンだったり。書いていてむずむずしたよ（笑）。藤堂は臆病だけど、情は深いと思うので、仲良くやっていけると思います。

執筆中、とても楽しかったので、読んでくださった方にもそれが伝わるといいなぁ。

大学を舞台にするなら、年上攻で教授×講師のプラトニック十年愛が崩れるみたいなのも、妄想が膨らみます。むしろ「きみ、冗談だろう……？」と急に意識させられちゃう初老の教授同士とかね！（え？）プラトニックが長ければ長いほど萌えます。えへ。

宝井さき先生、男前フェロモンの出ている西山、めちゃ色っぽい藤堂、可愛いらしいインコなどなど、ドキッとする素敵なイラストをどうもありがとうございました。またお仕事をご一緒できて、本当にうれしかったです。

新担当Eさま、大変お世話になりました。不束者ですが、今後ともどうぞよろしくお願いいたします。また、この本の制作販売に携わってくださったすべてのみなさまに、心より感謝申し上げます。

最後になりましたが、読者のみなさま。ここまでお付き合いくださってありがとうございました。読んでくださった方が、夜、疲れてベッドで眠る前に、ちょっとキュンとして癒されるようなお話を書きたい！　と目指してやってきました。なぜなら自分がそういう話を読みたいからです。今もその目標は変わっていません。

もっと雰囲気のある作品を書けるようになりたいなぁ、とみっともなくじたばたしている私ですが、どうか末永くお付き合いいただけましたら幸いです。

また新しい作品でも、お目にかかれますように。

宇宮有芽

※プラチナ文庫ＷＥＢサイト内「ＷＥＢ小説」のコーナーで、宇宮先生書き下ろしの番外編が読めます。

アドレス　http://www.printemps.jp/（09年8月10日頃～10月10日頃まで掲載予定）

恋《こい》のうちにも

プラチナ文庫をお買いあげいただき、ありがとうございます。
この作品を読んでのご意見・ご感想をお待ちしております。

★ファンレターの宛先★

〒102-0072　東京都千代田区飯田橋3-3-1
プランタン出版　プラチナ文庫編集部気付
宇宮有芽先生係 / 宝井さき先生係

各作品のご感想をWEBサイトにて募集しております。
プランタン出版WEBサイト http://www.printemps.jp

著者――宇宮有芽（うみや ゆめ）
挿絵――宝井さき（たからい さき）
発行――プランタン出版
発売――フランス書院
〒102-0072　東京都千代田区飯田橋3-3-1
電話（営業）03-5226-5744
　　（編集）03-5226-5742
印刷――誠宏印刷
製本――小泉製本

ISBN978-4-8296-2441-8 C0193

プラチナ文庫
Platinum Label

血の一滴まで、
俺のものになるといい
◆◆◆◆◆◆◆◆◆◆◆◆◆◆◆◆◆

白衣は愛で作られる

納真 仁
イラスト／かなえ杏
◆◆◆◆◆◆◆◆◆◆◆◆◆◆◆◆◆
研究バカの布袋は営業課長の市井を見た途端逃げだしたが、ガッチリと捉えられてしまう。避妊具テストと偽って押し倒してみたのだが、逆に咥えられちゃって⁉

P2442h

ちゃんと言えよ
……誰が欲しいのか
◆◆◆◆◆◆◆◆◆◆◆◆◆◆◆◆◆

恋の疵痕 ~Pain of heart~

若狭萠
イラスト／亜樹良のりかず
◆◆◆◆◆◆◆◆◆◆◆◆◆◆◆◆◆
心臓外科医の侑弥は、自分を捨てた貴将に病院への融資代わりに体を要求され、愕然。だが最奥をまさぐられ貫かれると、封じてきた彼への思いが溢れ出そうになり…。

P2443h

●好評発売中！●